-minu

Bettmümpfeli für Grosse
Band 6

© 1985 Buchverlag Basler Zeitung
Druck: Basler Zeitung, 4002 Basel
Printed in Switzerland

ISBN 3 85815 122 X

-minu

Bettmümpfeli
für Grosse

mit Zeichnungen von Hans Geisen

Band 6

Buchverlag Basler Zeitung

Die kokette Nora

Unsere schönste Adelbodner Nachbarin heisst Nora. Frei nach Ibsen. Denn die Kuh hat die dramatischsten Augen der Welt.
Winkt man ihr mit etwas Salz, glotzt sie wie Tosca vor dem Todessprung. Dann galoppiert sie über die Weiden. Und klappert mit den Wimpern – kurz: Nora ist das, was man eine «Vache fatale» nennt.
Ihr Bauer ist hochgebildet. Er hat sie zuerst «Athene» taufen wollen. Aber als Ibsen-Verehrer entschied er sich doch für «Nora». Ihr ist's vermutlich egal. Denn Nora ist wohl kokett, aber höchst unbelesen – kurz das, was man gemeinhin eine dumme Kuh nennt.
Ich kann mich noch sehr gut an den Tag erinnern, als es Nora zum ersten Mal mit Ferdinand, dem immer lachenden Muni, trieb. Mein Göttibub Oliver schaute dem Treiben nämlich höchst interessiert zu und kam dann nach Hause gerannt: «Du – da stösst der Ferdinand die Nora heim...»
Seine Mutter Eva hat daraufhin das Lied von den Bienlein angestimmt... von den Blüten... und wie wunderbar die Natur sei. Schliesslich hat sie hochrot gejapst: «Ich bring's nicht über die Lippen – sag Du's!»
Und schuld an allem war Nora, diese Kuh.
Nora wurde bald einmal Mutter eines gar liebli-

chen Kälbleins, das der Bauer «Pallas», die Kuhäugige, taufte. Es war ein fröhliches, junges Rindlein mit dem berühmten Lächeln ihres Vaters Ferdinand auf den Lippen – la vache qui rit, quasi.

Es kam nun die Technik über unsern Nachbarbauer Gottfried – die Euter werden nicht mehr von warmen, netten Fingern gemolken. Nein, da sind metallene starkgummisierte Zapfen. Und alles am Strom.

Auch das Futter wird nicht mehr mit der Heugabel in die Krippen gelegt – «rrrrr» macht der Motor. Und spuckt gepresste Heuburger aus.

Eines Tages ist auch der Doktor mit der Spritze gekommen. Er hat die Rolle von Ferdinand, dem Stier übernommen. «Das gibt eine besonders gute Mischung», nickte er unserm Nachbarbauern zu. Und befruchtete künstlich – aber er hat die Kunst ohne Nora gemacht. Die streikte nämlich. Sie blieb stur – dachte nicht daran, schwanger zu werden. Wäre sie keine Kuh gewesen, hätte alles von einem «Stieregrind» gesprochen.

Es blieb unserm Nachbarn nichts anderes übrig, als wie einst einen Balken ins Gras zu rammen, eine kleine Grube zu graben und Ferdinand zu rufen. Der kam, sah und stieg. Nora hatte wieder den Blick wie Tosca auf den Zinnen – und die Welt war in Ordnung.

Mag sein, dass Nora nur eine dumme Kuh ist – aber sie weiss, was sie will...

Kleckerer vom Dienst

Wir kleckern. Sind die Kleckerer vom Dienst.
Das Ganze ist ein Erbfleck. Mutter hat nämlich auch schon immer. Auf diesem Gebiet ist zumindest Vater sauber. Er isst ein Spiegelei, spurenlos. Auf wunderbare Weise verschwindet das Gelbe vom Ei in ihm – nicht so bei uns. Da tropft es auf die Hose. Und auf die Hemdenbrust. Und manchmal kratzt es mir meine Tante Gertrude auch von den Socken und seufzt: «Nimmt mich nur wunder, wie du ein Ei isst...?»
Dabei soll ich als Kind mustergültig gegessen haben. Grossmutter war Lehrmeister. Meine Mutter wurde vom Tisch verbannt: «Wie soll das Kind anständig essen, wenn du wieder die Gläser umwirfst, Charlotte!»
Dann zeigte mir Grossmutter, wie man die Erbsen auf die Gabelrückseite aufschichtet, vorne mit dem Fleisch einen kleinen Bremsklotz anstickt und das Ganze elegant zwischen die Lippen führt: «Immer mit den Lippen... nie mit den Zähnen... das Essbesteck darf die Zähne nie berühren!»
«Es könnte die ganze Schublade mitkommen», kicherte Mutter. Dann wurde sie endgültig vom Tisch verbannt.
Während der Finger-Spreiz-Phase legte sich Grossmutter ein langes Lineal zu. Spreizte ich den kleinen Finger zum Tee, weil ich's ungemein

schick fand, knallte sie mir mit dem Lineal auf die Knötchen: «Lass den Quatsch – wir sind hier nicht la Traviata...»

Heute spreize ich nicht mehr. Ich spritze. Der Spreiz-Trick hat dem Spritz-Reiz Platz gemacht.

Wie gesagt: Der Erbfleck fleckt von Mutters Seite. Machten wir uns für eine Premiere schön und kam Mutter im glänzenden Abendlangen, stellte sich die Gretchenfrage: «Vorher? Oder nachher?»

Mutter seufzte dann: «Ich weiss nicht, wie wir drei Akte Wagner mit leerem Magen durchstehen – aber wenn wir vorher essen, muss man uns beide wieder frisch umspritzen...»

So gingen wir als unbefleckte Erscheinungen. In der Pause hielten wir's jedoch nicht mehr aus. Wir jagten ans Buffet, köpften einen halben Dôle sowie zwei Sandwiches mit Hühnerfleisch. Doch Huhn fliegt am schnellsten. Kaum wurde wieder gegongt, sahen wir auch schon aus wie das Schlachtfeld von Waterloo.

In Rom habe ich anlässlich der Ausstellung «tavola del mondo» einen Schön-Ess-Kurs besucht. Die Teilnehmer wurden instruiert, wie man eine Birne hauchzart abschält und ohne einen Tropfen Saftverlust geniesst. Wir lernten Spaghetti ohne Löffel aufzudrehen, Hühner anatomisch zu zerlegen und nach einem schweren Ossobucco das Görpslein (sprich: Bäuerchen) mit gekünsteltem Übertönungshusten herunterzuwürgen.

Zum Abschluss des achttägigen Kursus wurden wir in die Villa Borghese gebeten, wo die Leiter des «ministero culturale» einen Cena bei Kerzenlicht offerierten. Es gab Huhn. Und dieses war so hart wie der Marmor von Sankt Peter. Ich weiss nicht, wie die anderen es geschafft haben – mein Huhn lag jedenfalls wie ein Stück Fels auf dem Teller. Schliesslich spiesste ich es (gelernt ist gelernt!) mit der Gabel an, worauf es fröhlich über den Tisch flog – der Contessa Ginetta Isotta direkt auf den Muff. Dort ruhte es den ganzen Abend, weil die Tischsitte gebietet, solche Fauxpas der versehentlich anwesenden Gassenrüpel zu übersehen.

Immerhin war tröstlich zu beobachten, dass eben erwähnte Contessa beim schwarzen Espresso das Fingerchen spreizte.

Leider war kein Lineal da...

Bäumig

Er ist da. Herbeigesehnt. Und von meinem Poet-Kollegen Christoph Mangold unweigerlich in die Tasten besungen: «Der Frühling – jetzt erzittern sie wieder sanft, die rumdösigen Trauerweiden in ihren ahnungsschwangeren Vorfreuden...»
Meine ureigene Frühlingskultur ist auf ein Essigbäumchen beschränkt. Herr Stuzer hat es gebracht. Herr Stuzer bestutzt mein Atrium. Das Atrium wiederum ist meine Aussicht vom Bürosessel aus. Während anständige Menschen nämlich auf den Busen ihrer Sekretärin oder zumindest zum nächsten Schoggi-Branchli-Automaten gneissen können – stiere ich in ein Rundhöflein, das weder Aus- noch Eingang, sondern nur ein Fenster hat.
Das Höflein wurde mit 148 Backsteinen mathematisch pingelig genau geplättelt – kleinere Gräben liessen Raum und Fragen offen. Jetzt kam Herr Stuzer. Und hat die Frage wie auch den Raum mit Efeuwucherndem beantwortet. Oder anders: Meine Aussicht ähnelt den lustigen Hundegräbern von Vichy. Nur begräbt man hier keine Hunde. Sondern meine Hoffnungen unter Efeu. Aber wir wollen ja den Frühling besingen. Inmitten der Grünrankigen also stehen drei Essigbäume.
«Na also – ist das nichts?» fragt Herr Stuzer mit seinen grünen Ideen.

«Natürlich – Essigbäume!»
«Sie reden, wie Sie's verstehen, lieber Herr -minu», ärgert sich Gärtnermeister Herr Stuzer. «Das ist Hibiskus. Und das hier ist ein kleines Magnolienbäumchen. Lassen Sie dem Frühling Zeit – wenn das alles blüht, sieht's aus wie am Blumencorso von Montreux...»
Herr Stuzers Höchstblühendes ist der Blumencorso von Montreux. Er beschreibt ihn blumig – aber noch pflanzt er zu meinen Füssen den Hundefriedhof von Vichy.
«Ich verrate Ihnen nun etwas, was ich nur wenigen Leuten preisgebe, Herr -minu: Sie müssen mit den Pflanzen reden. Das ist das Geheimnis der grünen Finger. Alle Leute, die mit den Pflanzen reden, haben grüne Finger. Und frohe Pflanzen. Und Sie wollen doch einen frohen Magnolienbaum, Herr -minu?»
Ich will vor allem keinen Hundefriedhof!
Nun rede ich seit Tagen mit «Gnolli», meinem Bäumchen. Morgenverkatert öffne ich das Fenster zum Atrium: «Hallo Gnolli – wie geht's?»
Und es geht gar nichts. «Gnolli» bewegt sich nicht. Seine nackten Arme sind ein stummer Vorwurf.
Herr Stuzer vertröstet mich: «So ein Baum muss sich zuerst an die Umgebung gewöhnen. Auch an Sie, Herr -minu. Lesen Sie ihm doch etwas aus der Zeitung vor...»

Herr Stuzer ist wirklich eine Frohnatur. Was liest man einem Baum aus der Zeitung vor? – Querbeet? Oder Wurzel?
Heute morgen nun: blauer Himmel. Ein bisschen Frühlingsluft. Und mein fröhlicher Gruss: «Hallo Gnolli – wie geht's?»
Ich schliesse das Fenster. Und dann sehe ich es: eine rosa Knospe. An Gnollis nacktem Arm. Zart geöffnet.
ER HAT GEANTWORTET!

Der Weisheitszahn

Es begann mit bohrenden Schmerzen. Felix Blömblein stocherte an meinen Beissern herum. Dann verkündete er weise: «Unten links, Herr -minu – die Weisheit nagt an Ihnen. Der Zahn muss raus!»
Schliesslich setzte Zahnarzt Blömblein zu jenem Witz an, den ich in der Folge rund drei Dutzend Mal am Tag hören sollte: «Da geht der Rest von Weisheit aus Ihnen raus – uohohoho!»
So einfallsreich ist die Menschheit. Mit und ohne Weisheitszahn. Uohohoho!
Herr Blömblein schickte mich zu Meister Hohl. Herr Hohl ist Spezialist seines Faches. Täglich zieht er zehn bis zwölf Weisheitszähne. Und nicht umsonst flüstert man sich in Fachkreisen zu:
«Tut der hohle Zahn nicht wohl,
holt ihn raus Herr Doktor Hohl!»
Als mein Weisheitszahn nun erfuhr, dass er in sechs Wochen ausziehen müsse, wurde er kleinlaut und harmlos. Er stellte seine Schmerzen ein und versuchte es auf die gütige Art. «Reine Tarnung», unkte Felix Blömblein, «dem Zahn haben wir die Kündigung geschrieben. Der muss raus! Haha!»
Herr Blömblein, eine Frohnatur, dem noch nie Weisheitszähne gewachsen waren, hatte gut lachen. Es war nicht sein Zahn.

Die Menschheit bohrte und nagte nun mit frohen Sätzen an meinen gestressten Nerven: «Was? Ein Weisheitszahn?!
Die Geburt von Fünflingen ist ein Kinderspiel dagegen...»
Oder: «Dreimal bin ich in Ohnmacht gefallen. Es ist, als ob sie dir den ganzen Kopf abwurzeln würden...»
Und: «Hast du dein Testament gemacht?»
In Herr Hohls Wartezimmer wäre ich am liebsten wieder umgekehrt. Aber da war sie schon, die Weissbeschürzte mit dem ewigen «auf-in-den-Kampf-Lächeln»: «Herr -minu - es ist soweit!»
Die Schwester bettete mich auf den Stuhl - Herr Hohl sagte Aufmunterndes. Und dann sah ich ihn: Ein Häusermaler auf dem Gerüst. Bedächtig zog er seine weisse Farbrolle auf und ab - mit stoischer Ruhe.
Ich sperrte den Mund auf und schaute aus dem Fenster dem Mann zu. Es ging etwas Beruhigendes von ihm aus. Dann passierte es: Herr Hohl rüttelte eben an meinem Zahn, als der Mann weg war. Verschwunden. In Luft aufgelöst.
«Halt», schrie ich.
«Es ist schon vorbei», lächelte der Meister.
«Es ist etwas schreckliches passiert...», flüsterte ich. Die Schwester schaute den Arzt an. Dieser beruhigte mich: «Nun ja - Sie sind nicht der erste. Wollen Sie rasch austreten?»

Ich zeigte aufs Fenster: «Dort... der Maler. Er ist nicht mehr auf dem Gerüst. Runtergefallen. Wir müssen die Polizei alarmieren und...»

Aber da kletterte dieser Pinsel auch schon wieder fröhlich aus einem Fenster – in der linken Hand ein Bier. In der rechten ein belegtes Brot. Er biss herzhaft hinein und kippte einen Schluck.

«Das sind die Nerven...», meinte Herr Hohl wohlwollend. Dann durfte ich spülen.

Auf der Strasse rief mir der Maler zu: «Aha – Weisheitszahn gezogen! Alle die hier rauskommen, haben ihre Weisheit zurückgelassen – uoho-hoho!»

Und für so etwas habe ich geschrien...

Wagenwäsche

Samstags ist Auto-Tag. Herr Hugentobler marschiert mit seinem Kessel an. In der linken Hand ein Lappen. Goldengelb. Und «Hirschleder», wie er seinem Nachbarn Raser stolz erklärt.
Herr Raser hat bereits einen Vorsprung. Er poliert die Stossstange. Herrn Rasers Stossstange ist nicht zum Stossen da. Sondern zum Glänzen. Es ist das Glänzendste, was Herr Raser zu bieten hat.
Manchmal kniet er vor seinem Vauwe-Golf wie vor dem Abendmahl. Er bückt dann ehrfürchtig sein Haupt unter den Kühler und haucht an das stossende Glänzende. Wild poliert er den feuchten Nebelfleck weg und betrachtet kritisch das Resultat: fleckenlos, makellos. Kein Stäublein.
Dann geht er an die Scheiben – die Scheiben spart er sich stets zum Dessert. Und mit wehmütigem Seufzen schaut Frau Raser hinter den Gardinen zu, wie ihr Eheangetrauter liebevoll und inbrünstig auf der Windschutzscheibe herumrubbelt. Ihrer Freundin Léonie hat sie in einer stillen Stunde anvertraut: «Du könntest ihm die Bardot und eine Autoscheibe ins Bett legen – die Bardot könnte zuschauen, wie er an der Scheibe fummelt...»
Spätestens um drei Uhr nachmittags funkelt der Parkplatz unserer Siedlung wie ein Geschäft mit Verlobungsringen. Da glitzern die Radkappen, leuchten die Kühler und erregt der neuste Kleber

«Papis Liebling auf vier Rädern» viel Aufmerksamkeit. Schwitzend stehen die Männer vor ihren blitzblanken Wagen. Sie reden über Pferdestärken und Pneuschwächen – fragt man sie nach der Nummer am Steuerhals, rattern sie mit seligem Lächeln zwölfstellige Ziffern herunter. Fragt man sie nach dem Geburtstag ihrer Frau, geht ihnen das Benzin aus.

Inmitten des funkelnden, strahlenden Wagenparks hebt sich eine etwas ramponierte, von Lehm und den wilden Grüssen gurrender Tauben befleckte Karre unfein ab. Unnötig zu erklären, wem die Karre gehört. Sie heisst Blutwurst, ist nun 110 000 Kilometer alt und kein bisschen leise.

Meine Nachbarn schauen mit Nasenrümpfen auf die englische Lady. Einer hat an einer Mieterversammlung gar erklärt: Man müsse sich mit so etwas auf dem Genossenschafts-Parkplatz schämen und ob ich das Auto nicht mindestens einmal pro Quartal waschen könnte ...

Kann ich nicht. Ich bin kein Autowascher. So ein Blech-Chassis ist nicht meine erogene Zone – aber bitte: chaqu'un à son goût.

Vor ein paar Tagen nun habe ich ein Schild entdeckt: «Waschanlage – Autostrasse». Das Ganze entpuppte sich als äusserst spassig – man wird samt Karre auf einen Schienenweg bugsiert, und schon geht's los. Tausend Wollfäden zischen einem um Ohren und Steuerrad – ich hörte nur noch den Aufsichtsbeamten schreien: «Um Himmels willen – Fenster zu!», aber da sass ich auch schon kniehoch in der Seifenlauge. Am Schluss bliesen sie der Karre den Glanz vom Himmel – und nach drei Minuten sah das Auto so flauschig aus, als sei es direkt aus dem Tumbler gefahren.

Stolz parkierte ich die Blutwurst auf ihren Stammplatz. Die Nachbarn staunten nicht schlecht – zum ersten Mal war das Siedlungs-Parking von einhelligem Glanz. Sogar die Tauben verkniffen es sich in Ehrfurcht.

Am andern Tag jedoch sah mein Wagen aus wie eh und jeh. Ich schaute um mich – alle Wagen sahen aus wie meine Blutwurst. Denn Petrus hat über Nacht einen Sandregen geschickt. Und sämtliche polierte Wagenflächen eingesandet.

Schon schepperten sie wieder mit den Eimerchen an. Schon zückten sie wieder ihre Hirschleder ... nur meine Karre bleibt sandig.

Man soll den Willen von oben respektieren.

Von Soll und Haben

Man hat mich mit einer grinsenden Sau grossgezogen. Rosa. Mit blauen Veilchen. Und Porzellan.
Zur Sau gehörte der notorisch wiederkehrende Schweizer Bibelspruch: «Tu das Geld ins Kässeli...»
Dann schenkten sie mir einen Fünfliber und wollten zusehen, wie ich die Scheibe in den Schlitz drückte. Während das Silberstück mit schwerem Plums aufschlug, dachte ich mit leichtem Seufzen an alle Cola-Fröschli, die mir da diese saudumme Sau wegfrass. Bis Rosie mir den Trick mit der Stricknadel beibracht. Ich lernte. Und leerte
Als Mutter nach zwei Jahren bemerkte: «Das muss eine Sparsau ohne Boden sein...», war es bereits zu spät. Ich war zum Verschwender herangewachsen.
Ich verschwende noch heute. Und Elsie schlägt schwergeplagt das Kreuz: «Er verschwendet – das Geld verschwindet...»
Nach der Sau kommt das Bankkonto. Auch ich hatte ein Bankkonto. Denn ein Bankkonto gibt einem ein sicheres, bodenständiges Gefühl.
Herr Müller war der Bankbeamte, der mir immer wieder Hunderter-Scheine von meinem Bankkonto aushändigte. Er knübelte sie einzeln aus der Schublade – jede Note wurde mit einem schwerleidenden, vorwurfsvollen Blick vor mich hin ge-

schoben. Manchmal meinte ich gar, ein leises unwirsches «Zzzz!» zu hören. Kurz: gegenüber Herrn Müller hatte ich ein schlechtes Gewissen.

Als dann der Bancomat kam, wurde die Sache besser. Computer schüren keine Komplexe – ich knöpfelte fröhlich jeden Tag meinen Code, freute mich über dieses märchenhafte «Esel-streck-dich-Verfahren» und lebte in Saus und Braus. Dann kam der Brief von Herrn Müller: «Leider muss ich Ihnen mitteilen, dass Sie Ihr Konto um 1892 Franken und 34 Centimes überzogen haben.» Ich sah sein Gesicht deutlich vor mir – vorwurfsvoll. Und mit «Zzzz».

Mit diesem Brief trat ich aus der vielzitierten Gemeinde aller Schweizer, die ein Bankkonto haben, aus.

Elsie ist anders. Elsie ist bereits mit einem Bankkonto auf die Welt gekommen. Elsie hat die Sau glatt übersprungen und mit zwei Lenzen den Fünflieber freiwillig in einen stricknadelsicheren, verzahnten Schlitz des eisernen Sparkassen-Kässelis gesteckt. Mehr noch: Elsie hat sich am schweren Aufplumpsen gefreut und die Hände gerieben.

Später hat sie den ehrenvollen Beruf der Buchhalterin erlernt. Ihr Herz pulsiert synchron mit der Registrierkasse – Elsie kann meine finanzielle Situation nicht verstehen. Als sie in meinen grünen Scheinen und Mahnungen einmal «gründlich Ordnung machen» wollte, überfiel sie das Grauen:

«Jetzt weiss ich, was Anarchie ist...», hauchte sie. Dann empfahl sie mir: «Ein Haushaltungsbuch... Es ist ganz einfach: Du brauchst eine Übersicht über Soll und Haben. Zurzeit ist alles Soll – später sollte alles Haben sein. Begriffen?» Bei so einem Soll soll einer noch draus kommen.

Ich ging also zu «Papyrus». Dort zeigten sie mir verschiedene Bücher – eines hatte Goldschnitt und war in Leder gebunden. «Ein Prachtsexemplar», erklärte die Verkäuferin. «Das Papier wurde noch handgeschöpft...»

Ich konnte nicht widerstehen. So steht nun in meiner Buchhaltung als erster Eintrag unter Soll: «1 Haushaltungsbuch – Fr. 93.80»

So macht Sparen Spass!

Premierensorgen

Kürzlich war in unserer Stadt Premiere.
Eine Premiere ist etwas Wunderbares. Die Leute tragen ihr Allerbestes. Und die Stimmung ist gehoben – wie auch die Preise.
Linda lampenfieberte schon die ganze Woche: «...und brauche ich Anständiges zum Anziehen und habe überhaupt nix...»
Linda könnte mit ihren verschiedenen Kleidern spielend einen Grossversand eröffnen. Aber: «...alles alten Mist. Willst du, dass Linda aussehen wie Vogelscheuche? Alle anderen Frauen sind elegantiges, aber armes Linda-Frau laufen herum wie Eier-Karline und...»
Daraufhin löst sie sich in Tränen auf – nur 300 Franken in bar können die Sintflut stoppen. Also schieben wir die Rechnung des Zahnarztes wieder um einen Monat auf – aber der hat ja ein neues Landhaus. Und Linda nicht einmal einen Premieren-Rock. Na also!
Zwei Tage später ist Linda aus der Stadt heimgekehrt – ein Fetzlein Stoff unter dem Arm: «Mein neues Premierenrockiges...» Hätte sie's nicht genau erklärt, ich hätt's für einen Douchen-Vorhang gehalten...
Zwei Stunden vor dem grossen Moment, wo der Vorhang aufgeht, geht bei mir der Kittel nicht zu. Das sind die heissen Premieren-Momente. Zwar

haben die Smoking-Schneider einen prächtigen Doppelknopf erfunden, dessen geknöpfelte Fadenverbindung dem Bauch ein bisschen Spiel geben sollte. Aber bei mir ist ausgespielt. Und die Verbindung gerissen – ich fühle mich wie die geplatzte Leberwurst auf dem Sauerkraut.

«Friss noch mehr Schokoladiges...!», wütet Linda. In diesem Moment spickt's unten. Der Hosenknopf ist's. Wie beim Flohspiel knallt er durchs Zimmer – und schon orgeln auch die Hosenbeine zu Boden. Ich watschle – Hosen unten – zum Buffet, wo der Knopf liegt, aber Zwirbel missversteht meinen Hoppelgang und spielt «verrückte Kuh». Er verheddert sich in meinen Hosenbeinen. Ich donnere in die Bücherwand – dann höre ich ein sanftes Knirschen. Der Smoking-Ärmel hat sich von der Schulter gelöst – und Jerry Cotton (Jubiläumsausgabe) donnert mir direkt auf die Nase.

Ich habe der Premiere dann in einfachen Cordhosen beigewohnt. Sie waren durchgeribbst, doch von angenehmer Weite. Die Männer schossen neidische Blicke und Linda füllte die Pause mit ihrem Paukenkonzert: «Muss man sich genieriges... ich kaufe schönes Premiererock und du in Hosen von Messestand... alles Leute schauen und nasenrümpfiges...»

Daraufhin löste sie sich wieder in Tränen auf.

Der Zahnarzt wird nochmals einen Monat warten müssen...

Maschinen

Es eilt. Ich sollte in einer Viertelstunde in der Mustermesse sein. Ich knüble Münz aus dem Portemonnaie, will es beim Tarifverbund-Schlitzchen einwerfen. Der Schlitz ist zugeklebt – «Ausser Betrieb». Ich renne zur nächsten Billett-Säule. Hier stehen die Leute Schlange. Ein Appenzeller erkundigt sich immer wieder lautlachend, wie das mit dem Fahrschein funktioniere. Und das sei ämmel noch ein «choge Züüg» – endlich ist es soweit. Ich bin am Schlitz, schletze das Geld durch, nehme das Trammzettelchen – aber da ist mein Zweier auch schon abgefahren.

Maschinen!

In der Degustation gibt es einen Stand, der Milchprodukte verkauft. Unter anderem Cornets – gefüllt mit Rahm.

Rahm-Cornets sind geträumte Kinderträume.

Ich wollte sie wieder träumen: Habt Ihr die Rahm-Cornets noch?

«Ja – nur einen Moment. Wir füllen eben die Maschine ein!»

Maschine?

Früher haben doch milchzendralle Frauenarme mit Schwingbesen den schneeweissen Rahm steif geschlagen. Da war dieses fröhliche «tack-tack-tack», wenn der Schneebesen an die Schüsselwand klopfte.

Ich warte also. Nehme in der Zwischenzeit ein Brötli mit Hüttenkäse. Liniengetreu.

Aus der Küche höre ich ein Stöhnen. Und Keuchen. Es ist meine Rahmmaschine, die in den ersten und zugleich letzten Zügen liegt.

Die Rahm-Frau streckt den Kopf zur Türe heraus: «Es geht noch ein Momentchen. Sie spinnt nämlich – schon letztes Jahr...»

Die Maschine hat ein Stahl-Euter. Daraus sollte – miraculum! – der aufgeblasene Rahm kommen. Denn Rahm wird nicht geschlagen. In unserer blasierten Gourmet-Zeit bläst man Rahm. Nur die Maschine bläst nicht. Sie sagt «Blasius». Und spritzt etwas Weisses aus, das nie und nimmer wie dicker Rahm sondern sehr unanständig aussieht.

Die Frau seufzt: «Also jetzt funktioniert sie – aber mit der Dicke happert's...»

Sie drückt immer wieder einen Hebel, lässt Probeflocken vom Uter, hält ein grosses Konfitürenglas darunter und «pffffff» macht die Maschine. Die Frau sagt «einen kurzen Moment noch» – dann wechselt sie die Kleider.

Ich habe mittlerweilen drei Hüttenkäse-Sandwiches, zwei Silserli (mit Schinken) und zwei Silserli (mit Camenbert) sowie ein halbes Dutzend süsser Weggli, die sie Maultaschen nennen, geknabbert. Ich wage den Vorschlag, ob man nicht eventuell einen Gutsch Rahm in ein Beckeli und mit einem Schwingbesen... vielleicht... bei gutem Willen?

Die Standinhaberin erklärt, sie habe schon solche Vorstösse bei der Milchgesellschaft gemacht, sei aber abgefahren. Schliesslich habe man eine teure Rahmblasmaschine. Und da müsse sich das Blasen rentieren.
Gegen Abend ist es dann soweit
Der Rahm kommt zum ersten Mal dicklich – noch nicht gerade dick, aber schon das Dickliche ist dikke Post und freut alle.
«Jetzt geht es höchstens noch eine oder zwei Minuten, strahlt die Rahm-Frau, die sich bereits zum vierten Mal umgezogen hat. Und wirklich: da kommt mein Cornet aus köstlicher Bricelet-Masse. Darin glitzert schneeweis der Rahm. Leider hat man ihn zu zuckern vergessen – «das müssen sie selber nachholen. Das macht die Maschine halt nicht», freut sich die Verkäuferin: «Aber ich habe da von einer andern Maschine gehört, die automatisch den Rahm zuckern soll und...»
Bloss nicht!

Kampf um Oscar

Vor wenigen Tagen wurde ich auf offenem BaZ-Gelände angehalten:
«Hätten Sie Lust?»
Ich hatte.
Der Mann atmete schwer: «Sie sind genau der Typ, den ich suche... könnten wir Sie notfalls umfärben?»
«Kein menschliches Verlangen ist mir fremd...», erwiderte ich hoheitsvoll.
Dann wurde ich engagiert. Für 50 Franken pro Tag – und zwei Schinkenbrote in der Pause.
Das grosse Hollywood ist ins kleine Hüningen gekommen. Für sechs Wochen wird das BaZ-Areal zur Ciné Citta – unsere Telefonistinnen lassen sich plötzlich dauerwellen. Und die Korrektoren korrigieren ihre Haltungsschäden. Hauptsache – der Produktionsleiter wirft Auge und Kamera auf die...
Er heisst Mister Hopper. Wie Hoppel-Hase. Nur mit -r-. Mister Hopper ist der Enkel der gleichnamigen Klatschtante Edda, welche Hollywood während der fünfziger Jahre tyrannisieren durfte. Edda Hoppers spitze Klatschzunge war so giftig, dass man behauptete, sie müsse nur darauf beissen, um Selbstmord zu begehen. Soweit. So hopperig.
Ronald Hopper also will mir zu Starruhm verhel-

fen: «Sie kommen aus dem Lift. Ein Mädchen rennt auf Sie zu und steckt Ihnen ein Couvert in die Tasche. Sie müssen tun, als ob Sie's nicht bemerken würden... Sie gehen zum Ausgang. Die Kamera verfolgt Sie – draussen, vor dem Zeitungs-Gebäude kracht ein Schuss. Sie schauen leicht erstaunt – dann sacken Sie um. Fertig.»

«Ist das alles?»

Ronald Hopper taxiert mich scharf: «Die Haare müssen pechschwarz sein – ich rufe den Friseur...»

Natürlich ist das die Chance meines Lebens. Man bedenke: Oscar für die beste Nebenrolle... Oscar für das netteste Leichen-Lächeln... Oscar für den elegantesten Gang... «Ich wüsste noch etwas, Herr Hopper... also wenn ich da aus dem Lift komme, könnte ich doch ein Gedichtlein vor mich hin brummeln... leicht in Gedanken versunken... vielleicht eine nette Weihnachtspoesie...»

Herr Hopper schickt einen Blick, welcher an Giftigkeit die Zunge seiner Grossmutter Edda in den Schatten stellt.

Natürlich fiebere ich in Aufregung. Der erste Versuch geht schief. Aber was kann ich dafür, dass Putzfrau Sedelmeier im selben Lift wie ich liftelt und partout zuerst heraus muss. Sie scheppert mit ihrem Eimer den Kameras direkt in die Arme bis einer «stop... stop» und dann Arges brüllt.

Beim zweiten Mal klappt's.

Ich werfe den Kopf in den Nacken (Belmondo), ziehe den Bauch ein (Mäni Weber), schicke einen blasierten Blick (Greta Garbo) in die Kamera und wippe (Heino) mit offener Hemdenbrust (Monika Kälin) auf die Linse zu. Das Mädchen (Maria Schneider) jagt auf mich los, steckt mir den Brief in die Manteltasche – und «stop... stop!» brüllt Ronald Hopper. «Was reden Sie denn da...?»
Nun bin ich ganz Unschuld vom Hause: «Ich habe nur ‹thank you – baby› durch die Lippen gezischt...»
Herr Hopper ist ausser sich: «Aber Sie sollen doch verdammtnocheinmal still sein und ...»
Also wirklich – da macht sich eine wilde Frau an meinen Sack und ich merke von nichts. Diese Filmfritzen sind ja noch blöder als ihr Ruf. Aber bitte – die Micky Mouse wurde auch nicht am ersten Tag geboren. Beim zwölften Mal hätte alles geklappt, aber ich bin in der Drehtüre steckengeblieben. Denn das hier ist nicht Ciné Citta. Das ist der BaZ-Neubau. Und da geht nicht nur die Drehtüre verkehrt.
Herr Hopper bekam eine Nervenkrise: «Schafft mir diesen Schlaffsack vom Leibe – oder ich bringe ihn persönlich um.» So seine brutalen Worte.
Daraufhin haben sie unsere Putzfrau Sedelmeier schwarz gefärbt. Jetzt ist sie die Leiche. Und wie ich Hollywood nun kenne, bekommt die auch noch meinen Oscar...

Alte Zöpfe – neue Zöpfe

Schwänzchen sind «in». Nicht wegzudenken – wehe dem, der kein Schwänzchen hat.
Um das Zöpfchen herum herrscht Rasenschnitt. Müde lampt es aus dem Stoppelbeet – mit Band gebändigt.
Linda findet es haarig: «Dummes Mode das!» wettert sie los. «Dummes Schwanz sieht aus wie Mantelaufhänger, wo abgerissen...»
Ich versuche, das haarige Problem mit Bildung zu durchkämmen: «Schon Mozart hat einen Zopf getragen...»
Aber bei Mozart kommt Linda erst richtig auf Töne: «Mozarts Schwanz sein alter Zopf!»
Was soll man dem schon entgegenhalten? – Eben!
Irgend einer hat mit dem gezöpfelten Würmchen angefangen. Früher war's der Butterzopf auf dem Sonntagstisch. Heute ist es das Haarzöpfchen auf der Werktagsmähne. Auch Sabine, meiner Haare Schnitterin, fängt damit an: «Wollen Sie auch?»
Aber das walte Gott! – Ich trickse nicht jeden neuen Haar-Tick mit, nein. Wir bleiben beim klassischen Scherenschnitt: «Ausputzen – und Shampoo gegen Schuppen!»
«Nun ja», meint Sabine, «Sie sind schliesslich nicht mehr in dem Alter, wo man...»
Das war der falsche Ton. Damit muss man mir nicht kommen. Was geht diese Kuh mein Jahr-

gang an. Nichts ärgert mich mehr, als wenn man mir «gutgemeinte Ratschläge» an den Kopf wirft: Du in deinem Alter... oder: Wenn man einmal die 180 Pfund überschritten hat...

Nicht mit mir – deshalb: «Ich hab's mir überlegt. Hinten den Rasenschnitt – mit Zöpflein! Und vorne eine Mêche – schwanenblond. Der Rest normal...»

«Da ist nicht mehr viel Rest», meint Sabine spitz. Dann beginnt sie zu mähen: «Wie lange soll das Schwänzchen sein?» – Was weiss ich über die Länge der Schwänzchen Bescheid. Sie ist schliesslich Fachfrau. Also: «Normale Länge!»

Mein Kopf wird getaucht, getunkt und gerieben. Vorne beginnt's zünftig zu brennen.

«Die Farbe», freut sich Sabine, «die beisst zünftig. Soll das Zöpfchen auch schwanenblond sein?»

«Wennschondennschon», brumme ich. Dann brennt's auch hinten. Mein Kopf hat nun Pause.

«Die Farbe muss einwirken», meint Sabine. Dann etwas unsicher: «Das Schwänzchen tragen Sie auf eigene Verantwortung – wenn Sie mich fragen, sieht das Ganze aus wie ein Ballon, dem man die Schnur abgezwackt hat – nichts für ungut!»

Meine Antwort kommt unter die Trockenhaube. Ich blättere in Illustrierten und finde meine Probleme im «SOS der Herzen». Dann ist es soweit – Enthaubung.

Die Sache mit dem Ballon war ein nettes Kompliment – was mir hingegen da aus dem Spiegel entgegenglotzt, hätte in jeder Muppet-Show eine Solonummer.
«Ihre roten Pigmente sind zu stark», seufzt Sabine, «deshalb ist jetzt alles so karottig.»
Ich ringe um Atem: «Schneiden Sie sofort den Schwanz weg. Und rasieren Sie die roten Stellen aus!»
«Ich hab's ja gleich gesagt», brummt Sabine.
Im Tram meckern dann zwei wild gezöpfelte Struppel-Punks hinter mir: «Schau dir diesen dicken Opa an – Rechtswixer mit General-Schnitt!»
Mozart hatte es einfacher...

Manuela aus Rom

Natürlich war's einfach so hergesagt. Wir sassen bei Römer Freunden. Köpften eine Flasche Grappa. Und nach der zweiten kam's dann – so wie wir Schweizer eben sind, wenn wir langsam auftauen:

«Es wäre nett, wenn Manuela uns in Basel einmal besuchen könnte...»
Sie konnte.
Vor einem Monat ist sie angereist. Mit Sack. Und Pack. Und einem Vater in Rom, der alle zwei Stunden anruft: «Ich schicke sie dir als Jungfrau... ich hätte sie auch gerne wieder als solche zurück... wir Römer kennen da kein Pardon!»
«Aber die Pille kennt ihr...?» – Das ist nur ein dummer Scherz. Aber er reicht. Am römischen Hörer-Ende herrscht Funkstille. Dann: «Dieses Mädchen ist 19 Jahre behütet aufgewachsen. Nie war sie eine Sekunde ohne Aufsicht. Immer waren die Freundinnen dabei. Sie ist das erste Mal alleine fort...» Und dann im Ton der Vendetta: «Wenn einer auch nur dieses Mädchen anschaut, haust du ihm einen Leberhaken – kapiert?!»
Der freundliche Leser merkt: Mit Manuela kam hochexplosiver Stoff nach Basel.
Die erste Explosion hiess Linda: «Ich reise ab in Ferien – nicht machen Tschumpel für römisches Lady. Suche anderes Haushälterin...»

Soweit die weibliche Solidarität. Sie ist wie ein Hefekuchen: ein grossartiges Rezept, das nur selten aufgeht...

Die zweite Explosion fand am Telefon statt. Nachdem ich zwei-, dreimal mit Manuela durch die Stadt spaziert bin, um ihr die Münstertürme und ihren Ahnen, Herrn Plancus im Rathaus, zu zeigen, war das Telefon nicht mehr zu bremsen. Meine Freunde waren's. Liebe Freunde, von denen ich jahrelang nichts gehört habe. Liebe Freunde, von denen ich gar nicht wusste, dass sie überhaupt noch existieren:

«Salü – da ist der Otti. Du kennst mich schon, wenn du mich siehst. Ich hab' dir gestern doch zugewinkt. Übrigens – wer war die Frau? Gratuliere, du alter Theaterspieler, du – haha!»

Ich verstehe nur Otti und Bahnhof. Dann will er die Frau und mich einladen: «Du kannst derweil ja die Trapp-Familie auf Videoband anschauen – ich zeige der jungen Frau Basel. Und die Basler. Hoho!»

Otti scheint ein Sonnenschein zu sein...

Otti war nicht das einzige Gespräch. Unser Telefon hat kaum mehr Atempause. Und an der Haustüre schellt's auch schon – Manuela aber lümmelt unschuldig auf der Coach, blättert in den Illustrierten und schaut mit grossen Augen auf den Apparat, der ständig surrt.

Ich frage Manuelas Vater um Rat.

«Verhau die Bande!» ist seine Medizin. Römer haben die Lösung immer gleich im Griff.

Tatsächlich hat sich mein Leben, seit Manuela kolossal verändert. Während ich mir früher bei Platzregen stundenlang den Arm nach einem Taxi ausgewinkt habe, stoppt so ein Wagen heute nach zehn Sekunden. Ein Kennerblick auf Manuela – dann wird galant die Türe geöffnet. Und: «Wohin fahren die Herrschaften?»

Jawohl – Herrschaften! Nehme ich alleine ein Taxi, gähnt der Fahrer in seinem Sitz vor sich hin, stellt die Uhr ein und nickt mir kaugummikauend zu: «Wohin?»

Mit Manuela ist in jedem Restaurant ein Tisch frei. Wo man mich ansonsten in den Durchzug setzt, hocke ich nun plötzlich mitten im Saal von Kellnern umwedelt und vom Beizer hofiert: «Wir haben besonders schöne Hümmerchen...»

Meine alten Freundinnen sind weniger charmant. Sie saugen am Giftzahn: «Wie kannst du nur diesem Mädchen... du könntest ja ihr Opa sein...»

Die haben gut reden. Bei denen hat auch nie ein Taxi angehalten.

Vor drei Tagen habe ich nun mit Manuela geredet: «Sag' mal – quasi von Frau zu Frau – wie machst du das zu Hause mit den Männern... ich meine: Wie schaffst du sie dir vom Hals?»

Manuela lächelte sonnig: «Ich schaffe sie mir gar nicht vom Hals...»

Nun bin ich verunsichert: «Aber dein Vater... er ist absolut überzeugt, dass du... also, du weisst schon...»
Manuela lächelt: «Väter sind auch nur Männer – ziemlich beschränkt. Und so fantasielos. Wenn du in Rom bist, stelle ich dir meine Freundinnen vor...»
Das Telefon schellt noch immer Sturm. Aber ich bin nicht mehr so beunruhigt...

Brief nach Rom

Das ist kein Brief aus Rom. Das ist ein Brief nach Rom.

Manuela, 19jährig, ist zum ersten Mal im Ausland. Zum ersten Mal in der Schweiz. Sie ist Römerin. Un hat nun einen Monat in Basel verbracht. Ihre Eindrücke hat sie in einem Brief an ihre Eltern niedergeschrieben:

«Carissimi,

nun bin ich also glücklich hier in diesem Land, von dem wir die Schokolade und die Banken kennen. Der erste Eindruck war enttäuschend: ein kleiner Flugplatz, düster und trist – später habe ich erfahren, dass er in Frankreich liegt. Das hat ihn ein bisschen reizvoller gemacht.

Die zweite Enttäuschung: keine Berge. In Basel sieht man nur Hügel – ähnlich wie die Colli Albani. Und Fabriken. Viele Fabriken. Sie erinnern ein bisschen an Turin.

Die Leute sind fröhlicher als ihr Ruf. Wir reden stets vom düstern Norden. Tatsache ist, dass die Menschen hier besonders freundlich sind, gerne lachen und immer hilfsbereit sind, wenn ich an einer Strasse nicht mehr weiter weiss.

Was mich am meisten erstaunt – die Leute bleiben auch bei Regenwetter gelassen. Hier herrscht bei Gewittern nicht die bösartige Hektik wie in Rom. Überhaupt – manchmal habe ich geglaubt, in

einer toten Stadt zu sein. Die Stille ist einesteils beglückend, andernteils auch beängstigend...
Ich habe sehr viele Italiener getroffen, habe mit vielen Jungen der sogenannten zweiten Generation geredet. Sie sind hier aufgewachsen. Und die meisten vermissen unsere leichtere Art zu leben. Sie finden die Schweizer stur und arbeitsverrückt – andererseits geniessen sie die offene Lebensart der jungen Leute und den Wohlstand. Hier wird früher abgenabelt und – das sage ich vor allem Dir, lieber Papa – die jungen Mädchen und Burschen dürfen ohne ältern Bruder ausgehen. Die Erwachsenen haben mehr Vertrauen in ihre Jugend.
Die Geschäfte hier sind anders als bei uns – meist grösser. Aber sehr viel unpersönlicher.
Am meisten beeindrucken die Banken – wo bei uns eine Kirche steht, hat man hier eine Bank gebaut. Das Wechseln von Geld oder das Einlösen von Checks geht im Nu vor sich – diesbezüglich ist alles viel einfacher. Aber man hat stets das Gefühl, in einem Tempel zu stehen, und irgendwo wache der liebe Gott auf einem Geldberg...
Über das Essen braucht Ihr Euch keinen Kummer zu machen – es gibt viele italienische Restaurants. Die Pasta schmeckt nicht wie zu Hause, sie wird hier fetter – aber das liegt wohl am Wasser und am Mehl.
Basel – so sagen sie hier – ist eine Kulturstadt.

Uns, die wir in den Mauern der Antike aufgewachsen sind, fällt es schwer, mit der modernen Kunst, die einen an jeder Ecke empfängt, warm zu werden. So stehe ich manchmal etwas ratlos vor riesigen Plastiken und Monumenten, deren Sinn ich nicht begreifen kann – und doch spüre ich, dass diese Kunstwerke etwas ausstrahlen, dass sie einen in Bann ziehen können wie unsere Tempel und Statuen.

Da ist etwa ein Brunnen beim Theaterplatz – hier spielen Figuren mit dem Wasser. Man könnte stundenlang zuschauen – wie bei den Sturzbächen der Fontana di Trevi.

Ich habe gehört, dass es in Rom regnet. Hier hingegen scheint die Sonne – das ist gut so. Denn diese Leute brauchen die Wärme.

Ich umarme Euch   Eure Manuela»

Die Sache mit der alten Tante...

Dorette fühlte sich elend. Hundeelend. Von der Strasse hörte man das Jubilieren der Piccolos, das Rollen der Trommelschlegel – Dorette sefzte: «Fasnacht. Und ich mache einen sauren Stein. Das hätte mir einmal einer prophezeien müssen. Und alles nur wegen diesem Egon. Lächerlich. Der ist es nicht wert – jetzt sonnt er sich irgendwo auf einer griechischen Insel.» «Komm mit», hat er gesagt. Und sie hat gelächelt: «Womit? – Ich bin Studentin?» «Ein Fräulein Doktor bist du – ein knackiges, frischgebackenes Fräulein Doktor», hat er sie angelacht. «Ohne Stelle. Ohne Geld», hat sie ergänzt. Und etwas bitter hinzugefügt: «Nicht alle haben reiche Eltern, mein Lieber...»
Er hat sie seltsam angeschaut: «Da kann man nichts machen. Tschau. Ich schick' dir dann eine Karte!» – so ist er verschwunden. Und hat einen Schluss-Strich gesetzt.
Nicht mehr daran denken! Dorette muss unwillkürlich lächeln: Vor ihrem Haus zieht ein Kinderzügli vorbei – zwei Dreikäsehoch, die als Clowns verkleidet mit Holzknebeln auf Waschpulvertrommeln einhauen. Dahinter ein Tambourmajor, der ständig über den allzu langen Rock stolpert. Und ein Leiterkarren, auf dem eine schiefe Laterne wackelt. Mit Packpapier überzogen. Und dem Sujet: «Wägedämm muesch du nit druurig sy...»

«Die haben gut lachen!», brummt Dorette. Und geht zum Telefon, das da schellt. Olga ist's: «Gratuliere zu deinem Doktor. Das gibt ein Fest!» «Das gibt gar kein Fest», brummte Dorette, «denn erstens habe ich kein Geld. Und zweitens keine Stelle – trotz des Doktortitels. Juristen gibt's wie Sand am Meer. Und als Frau hat man sowieso keine Chance. Das hat schon Tante Regine stets gesagt.» «das ist doch die, welche das ganze Vermögen dem Zolli vermacht hat...?»
Dorette schwieg. Wenn Tante Regine gewusst hätte, wie sehr sie ein bisschen Geld nötig gehabt hätte, hätte sie die Sache mit dem, Zolli bestimmt nochmals überschlafen. Statt dessen hat ihr ihr Anwalt eines Morgens die Fasnachtskiste mit den alten Kostümen der Tante geschickt. Und ein kleines Schatzkästchen voll Giggernillis. Daran war ein Brief geheftet: «Mein liebes Kind – wir Frauen haben's im Leben nicht immer einfach. Ich weiss das. Denn als ich mit zehn Jahren Trommeln lernen wollte, stürzte in unserer Familie die Welt ein. Ich habe dich insgeheim immer bewundert, wie du deinen Weg durchgesetzt hast. Auch als Frau. Im Beruf. Und an der Fasnacht. Die alten Kostüme von meinen Maskenbällen und die Kiste mit dem Giggernillis sollen ein letzter Gruss von mir sein – bleib' wie du bist. Deine Tante Regine.»
Dorette seufzt: «Weiist du Olga – wenn ich nur so viel Geld hätte, dass ich zumindest ein halbes Jahr

lang in Ruhe einen guten Job suchen könnte.»
«...und was ist mit deinem Egon?»
Dorette lachte bitter auf: «Schluss-Strich. Aus. Und Amen!»
Draussen hörte man das leise Weinen der Piccolos. Dorette hätte am liebsten gleich losgeheult.
«Jetzt mach' mal aber einen Punkt!», ruft Olga in den Hörer. «Es gibt nichts Schlimmeres als Selbstmitleid. Unser Grüpplein erwartet dich in zehn Minuten auf der Strasse – zieh' eines der alten Kostüme deiner Tante an. Das bringt dich auf andere Gedanken.»
Fünf Minuten später steht Dorette vor dem Spiegel. Sie hat eine «Alti» gewählt – blutroter Taft. Mit samtem «Faux-cu». Dann hat sie sich mit Giggernillis vollgehängt – mit Glitzerbroschen und mattfunkelnden Perlen, mit Klunker-Armbändern und einem halben Dutzend Fingerringen.
«Zu deinen Ehren, liebe Tante!», lächelte sie sich in den Spiegel zu. «Damit du an der Fasnacht wieder einmal unter die Leute kommst...»
Tatsächlich – zwei Stunden danach hat Dorette ihren Kummer etwas vergessen. Einfach weggepfiffen. Mit den alten Schweizermärschen.
«Fasnacht ist die beste Medizin gegen trübe Gedanken», lacht ihr Rolf zu. Rolf ist neu in dem kleinen Schyssdräggzigli, das Olga zusammengestellt hat. Und Rolf versteht es immer wieder Dorette aufzuheitern. Später, in der Kunsthalle,

stösst Olga auf der Damentoilette Dorette vor dem Spiegel lachend in die Seite: «Der hat sich ja ganz schön in dich vergafft... spiel' nur nicht mit ihm... der ist zu schade für so etwas... hat eben die Geschäfte seiner Alten übernommen... die handeln mit Steinen in der ganzen Welt... und verdammt gut sieht er auch aus!»

Es ist fünf Uhr morgens, und man sieht eine Alte Tante zusammen mit einem Harlekin durch die Steinenvorstadt pfeifen. Vor der Haustüre bleibt Rolf stehen: «Du ehrlich – das war der schönste Fasnachtsdienstag, den ich je erlebt habe. Kommst du morgen wieder? In diesem herrlichen Kostüm?»

Dorette lächelt: «Es ist ein Erinnerungsstück an eine Tante, die mich sehr gern gehabt hat...» Rolf nickt: «...nur mit dem Schmuck solltest du vorsichtiger sein. Ich finde es ja verrückt, diese Dinger einfach so mit dir zu tragen. Und...»

«Ach – das ist doch alles nur Strass aus der Giggernillis-Kiste.»

Da lacht Rolf plötzlich heraus, kann sich nicht mehr erholen: «Hoho – Giggernillis ist gut... aus der Fasnachtskiste!»

Dorette fällt in sein Lachen ein: «Aber du hast doch nicht etwa geglaubt, diese Steine wären echt...»

«...hihi Strass ist gut... mein liebes Mädchen», Rolf versuchte ernst zu bleiben, «vielleicht verstehe ich nicht gerade viel von Frauen. Aber in Sachen Steinen kenne ich mich aus. Und diese hier sind alle ihre Karate wert – das darfst du mir glauben. Ich schätze, dass du gut und gern für dreissigbis vierzigtausend Franken Giggernillis auf dir trägst...»

Jetzt wird Dorette blass: «Rolf – bitte mach' jetzt keine Witze. Du meinst, dass diese Schmuckstücke alle...»

«Jawohl: alle!»

«...und die, welche noch oben in der Giggernillis-Kiste sind, eventuell auch...»

Fünf Minuten später findet in der Wohnung von Dorette eine Expertise statt. Gratis – versteht sich. Da lässt Rolf sich nicht lumpen.

«Eine gescheite Tante das!», grinst er, «hat dir quasi die Erbschaftssteuer noch geschenkt – verdammt raffiniert!»

Dorette holt eine Flasche Wein aus dem Eiskasten: «Die letzte. Die habe ich mir für einen besonders feierlichen Moment aufgespart: Trinken wir also auf meine Tante!»

«Auf deine Tante – und uns beide», lächelt Rolf.

Und plötzlich ist es Dorette, als hätte das Weinen der Piccolos in ein drönendes Jubilieren umgeschlagen...

Heisse Rezepte

Rezepte liegen mir nicht. Ich bin ein Esser. Und kein Kocher. Die einzigen, die jeweils zünftig kochen, sind diejenigen, die meine Rezepte ausprobieren – und vor einem undefinierbaren Mischmasch stehen.
Trotzdem – Friedel Strauss hat mir Mut gemacht: «Siebzig Jahre lang habe ich keine Pfanne, keine Kelle angerührt – Spiegeleier waren für mich exotisch. Und ein Eisbein hätte ich im Pulswärmer serviert. Bis dann einer zu mir kam und sagte: «Bei Ihnen isst man stets so gut, könnten Sie mir das Rezept geben?»
Hätte ich ihn zur Köchin schicken sollen? – Ich phantasierte das Rezept im Kopf zusammen. Er war begeistert. Und zudem Verleger. So entstand mein erstes Rezeptbuch...
Als sie mit 90 starb, hatte sie über 100 Rezeptbücher in rund zwei Dutzend Sprachen herausgegeben. Und vom Kochen noch immer keinen blassen Schimmer...
Mir geht's ähnlich. Da sitzen meinen Gäste vor den Tellern, lassen es sich schmecken (oder tun wenigstens so) und seufzen nach dem letzten Bissen verklärt: «Wirklich – dieses Rezept müssen Sie mir mitgeben!»
Ich stehe dann etwas ratlos da – wie bei Platzregen

ohne Schirm. Denn wie soll ich mich an ein Rezept erinnern? Kochen heisst für mich kreieren: Ich stehe vor dem Herd, überblicke die Gemüse, Fleisch- sowie Fischstücke – und los geht's. Dazwischen immer wieder probieren: Noch ein Grämmlein Safran... noch ein Gütschlein Madeira... noch eine Hand voll Parmesan. Wie soll ich da genau rezeptieren können? – Eben!
Meistens schreibe ich den Leuten dann etwas auf. Und sie telefonieren mir später: «Ich habe Ihr Rezept ausprobiert – aber es ist bei weitem nicht so gut gelungen, wie bei Ihnen...! Und das ist ja auch recht.
Freundlicherweise haben verschiedene Medien um meine Mitarbeit in der Küche gebeten. So etwa das Schweizer Fernsehen, für das ich einmal Grättimänner backen musste. Wie's beim Fernsehen so ist, ging alles verdammt schnell, und so ein Grättimann hatte in drei Sendeminuten geknetet, geformt und knusprig braun zu sein.
Heidi Abel flüsterte mir zu: «Das Rezept – sagen Sie noch rasch das Rezept!» Damit war die Katastrophe auch schon perfekt – ich knetete die Sache hurtig im Kopf zusammen und liess alles live durch die Röhre. Zwei Tage später brach die Telefonzentrale der SRG zusammen: Ich hatte die Hefe vergessen. Die Grätti- wurden Flachmänner – und ich nie mehr engagiert. Das Schweizer Fernsehen bringt nur Sachen, die aufgehen...

Kürzlich ist auch Martin zu mir gekommen: Ich lade dich zu Fleischküchlein ein, wenn du mir sagst, wie man Fleischküchlein macht.
Ich sagte es. Und der Besuch – zwölf Personen – wartete vergeblich auf die Basler Frikadellen. Man servierte ungewürzt Gehacktes in flockiger Form. Ich hatte bei der Stegreif-Rezeptur Ei, Brot und Salz vergessen. So konnte die Sachen nicht kleben – natürlich machten sie Hackfleisch aus mir!
Wie gesagt – Rezepte sind ein heisses Eisen. Dennoch rezeptiere ich weiter. Die Hausfrauen danken mir's heiss. Während sie früher nämlich beim Soufflé, das nicht aufgehen wollte, dem Ofen die Schuld zuschieben konnten, seufzen sie heute einfach: «Ich brauche euch ja nicht zu sagen, von wem das Rezept ist...
Wenn das kein Rezept ist!

Blaue Därme

Sind wir irgendwo irgendwie eingeladen, balanciert die Gastgeberin eine Flasche an: «Nehmen Sie auch einen Apéritif...?»
«Bitte Wasser...»
Die Gastgeberin lächelt gedankenverloren, füllt mein Glas mit Starkstrom, und ich lächle zurück: «Bitte Wasser...»
Jetzt hat's eingehakt: «Wasser!!?» Dann schüttelt sie sich, als wäre sie in ebensolches geplumpst: «Wasser! – Sie wollen wirklich Wasser? Ich habe auch einen Weisswein, der...»
Ich bewahre Ruhe. Ich bewahre schon seit 37 Jahren Ruhe. Solche Situationen sind mir vertraut: «Ich trinke keinen Alkohol – vielleicht ein Glas zum Anstossen. Aber ansonsten nur Wasser...»
Jetzt ist die Gastgeberin weg vom Geleise: «Aber ein Gourmet wie Sie, Herr -minu... Zu einem Essen gehört doch ein guter Tropfen und...»
«Nein danke. Bitte Wasser – im übrigen ist Wasser noch immer das beste Getränk zu einem Essen. Nur so kann man die Kochkunst wirklich klar beurteilen. Der Wein ist – für meinen Geschmack, bitte – zu üppig...»
Jetzt ist die Gastgeberin aber sauer wie ein Essigfass. Sie hat nämlich kein Mineralwasser im Eiskasten. Und das kränkt sie – sie ist ansonsten per-

fekt. Aber: Wer kann schon ahnen, dass der keinen Alkohol trinkt... so fett wie er ist... und dabei will er etwas vom Kochen verstehen und...

Wir Wassertrinker haben's nicht einfach. Während man in jeder Beiz ein offenes Bier oder ein Zweierli vom Weissen bekommt, ist ein «Einerli Mineralwasser» schon rarer. Wassertrinker werden als Flaschen abgeurteilt – und bekommen das Fläschchen.

Mit ungeheuren Mineralwasserpreisen subventionieren wir die billigen Bierbecher. Wir brauchen somit keinen Alkohol, um eine rote Rübe zu bekommen – wir kochen auch so. Aus Wut.

Nun war ich kürzlich bei Elsie eingeladen. Elsie hat gut Holz vor dem Haus, aber auch kein Wasser im Eiskasten: «Das kannst du mir nicht antun!», rief sie verzweifelt. Und brachte den Witz, über den ich nun sicher schon 5986mal höflich gelächelt habe: «Wasser gibt blaue Därme... hohoho!»

«Hör mal – das mit dem Wasser ist doch ein Witz. Ich baue die besten Drinks, die man sich vorstellen kann, und du willst dummes lustloses Wasser...»

«Nicht lustlos. Mit Grälleli...»

Aber Elsie mixt schon los: Kirsch. Und Cointreau. Und Zitronenspritzer – «und viel, viel Eis, damit du dein Wasser hast. Da trink!»

Ich nippe gehorsam. Es schmeckt besser als man

denkt. Überhaupt nicht nach Alkohol. Fast schon wie Sirup. Und drum nehme ich ein zweites Glas.

Beim dritten wird Elsie etwas unruhig: «Aha - schmeckt's dir doch. Das mit dem Wasser war nur dummes Theater. Soll ich dir nun zum Essen eine Flasche Wein...»

«Nein, danke. Nur Wasser - oder noch besser: Wir bleiben bei dem da!»

Beim sechsten Glas sehe ich Kommissar Derrick doppelt. Elsies Holz vor dem Haus dreht sich im Kreisel - dann höre ich nur noch: «Du bist ja ganz bleich...» und kipp auch schon vom Sessel.

Elsie schleppt mich auf die Couch: «Ich rufe sofort einen Arzt...» Und das erste, was dieser befiehlt: «Lassen Sie die Beine aus dem Bett hängen - das hilft!»

Ich lasse. Und die Karussellfahrt ist zu Ende.

Am andern Tag ging ich wie auf einem Schiff. Immer wieder schwankte die Umgebung auf und ab. Die Schreibmaschine schwebte mir ihre Tasten entgegen - und meine Redaktions-Kollegen schauten besorgt: «Du bist so käsig... sollen wir dir einen Cognac bringen...?»

In der Kantine bestellte ich drei trockene Toasts, ein weiches Ei und Wasser.

«Uohoho», machte da der Beizer, «Wasser? - das macht doch blaue Därme, uohoho!»

Ich hatte nicht einmal mehr die Kraft, höflich zu lächeln...

Ohne Pass und Spass

Ich bin kein Schweizer mehr. Ausgerechnet am 1. August.
Das schmerzt. Seit einigen Tagen lebe ich ohne Pass. Ohne Identität. Auch den Führerausweis bin ich los. Und sämtliche Kreditkarten dazu.
Natürlich habe ich die Tasche verlegt. Ich verlege immer und alles. So betrachtet bin ich der geborene Verleger. Vermutlich habe ich das Täschlein auf meinem Autodach postiert, irgendeinem netten Kollegen Zotiges zugerufen, mich verplappert und vergessen.
Ich steige ein, fahre fort – von diesem Moment an bin ich identitätslos. Und überhaupt alles los. Nur weiss ich's nicht. Bis der französische Douanier am Elsässer Zoll meinen Pass sehen will. Ich fahre täglich zweimal am französischen Zoll vorbei. Noch nie hat einer meinen Pass sehen wollen. Aber heute ausgerechnet – und dann hockt man da, sucht verzweifelt nach dem Täschlein, wird bleich: natürlich – auf dem Wagendach!
Dort ist es dann nicht mehr.
Der Zöllner schaut skeptisch. Jahrelang hat er zugelächelt – jetzt wird er ernst. Wittert Faules. Lässt einem aussteigen. Und hetzt die Hunde auf das Polster los.
Die Hunde finden meine Identität auch nicht.

Also schickt man mich zu den Schweizern – diese nicken freundlich: «Ihren Pass, bitte – weshalb kommen Sie so schnell wieder zurück?»
Und da haben wir den Salat! Jetzt werden Telefonverbindungen gewählt, Namen buchstabiert («ja, er sagt, er sei Schweizer ...») – nach einer halben Stunde lässt man den Pass- und Staatenlosen passieren: «Melden Sie die Sache sofort auf dem Spiegelhof ... und sperren Sie alle Kreditkarten!»
Die nächsten Stunden eile ich von Amtsstelle zu Amtsstellen, fülle Fragebögen aus, stehe Red' und Antwort und bin am Schluss bereit, die Nationalhymne rückwärts zu singen, wenn ich meinen Schweizer Pass wieder bekomme.
Ich alarmiere die Post, den Globus, American Express und auch den Nachtclub «Pigalle», dass man meine persönliche Code-Nummer ändern soll. Und ich kreuze bei der Personalstelle meiner Zeitung auf: «Ich habe mich verloren – bitte macht mich neu!» Während drei, vier Tagen fühle ich mich mies – wie im Weltall, ohne Halt. Wenn meine Kollegen sagen: «Komm, wir essen in Haltingen ...», werde ich melancholisch, bleib' im Land und nähr' mich redlich ...
Mit der Zeit werde ich wieder hergestellt. Die passlose, spasslose Epoche ist ausgelebt. Nigelnagelneue Kreditkarten fliegen mir mit besten Wünschen ins Haus. Nur auf meinem Pass steht «Duplikat». «Duplikat» für meine Dubligkeit.

Wir haben den Gemüsemixer und die Micky Mouse erfunden. Wir haben auch eine Sonde auf dem Mars.
Weshalb aber ist es so schwer, ein Schweizer mit Pass zu sein...

Rasende Mäher

Rasenmäher können einen rasend machen. Eigentlich müssten sie Rasend-Mäher heissen.
Der Rasenmäher unserer Nachbarin Müller ist ein rasender Rasantmäher. Mit Benzinmotor. Und einem Auspuff, der wilde Gase herumtuckert, als stecke er in einer Zwiebelkur.
Natürlich sind die Müllers reizende Leute. Schreinermeister – mit eigener Nervensäge. Und Holz vor dem Haus.
Mit der Zeit wurde das Holz abgebaut. Wo einst Sägemehl und Balken die Augen der Nachbarn sowie etliche Generationen von Holzwürmern erfreuten, wurde über Nacht angepflanzt. Rasen. Englischer Rasen. Derselbe wie bei den Buckinghams.
Tatsächlich igelte sich innert weniger Tagen ein grüner Rasenfleck an. Frau Müller schaute Herrn Müller energisch an – dieser wusste, wo es geschlagen hatte: ein Rasenmäher musste her. Kein gewöhnlicher. Einer mit Coupe-Hardy-Technik.
Am Abend tuckerte es dann zum ersten Mal. Nachher sah der Rasen aus wie das Haarige eines Unterschriftsberechtigten des Bankvereins: knapper Schnitt, ein paar lichte Stellen und leicht begossen.
Frau Müller war zufrieden: «Jetzt habt Ihr aber eine schöne Sicht ins Grüne...», nickte sie stolz zu

uns. «Ein Gräslein wie das andere!» Sie schaute mit leicht angewiderter Miene auf unsern Grasfleck: «Hoffentlich bringt der mir kein Unkraut in meine englischen Rasen...»

Daraufhin wurde Elsie rasant und macht mich rasend: «Ich will auch so einen Rasenmäher, wo Coupe Hardy machen kann...»

Man stelle sich unsere Grünfläche vor: Sie misst drei auf vier Meter und entspricht somit der Norm einer heutigen Einzimmerwohnung: «Dafür kaufe ich keinen Rasenmäher. Schon gar keinen mit Benzin. Dieses Getuckere macht mich sowieso schon nervös. Und dann der Gestank – das ist ja schlimmer als neben der Autobahn!»

Elsie tat beleidigt. Am selben Abend waren wir stolze Besitzer einer Mähmaschine. Elektrisch. Mit 30 Meter Kabel. Und: «Man kann sogar Muster mit ihnen mähen», strahlte Elsie. «Gerade wie in Versailles...»

«Versailles ist nicht drei auf vier Meter», dämpfte ich die Vorfreude. Doch schon liess Elsie das Ding los, und zu seiner (des Dinges) Ehren musste gesagt werden: es tuckert nicht. Es gab auch keine Stinknebel von sich. Es surrte höchst vornehm, etwas penetrant zwar, fast wie das Surren eines zu langsamen Zahnarztbohrers – aber immerhin der Erfolg war unübersehbar: Nachbarin Müller schaut sauer wie die Milch im August.

Alle drei Tage werden nun unsere drei auf vier

Meter Rasen gestutz, berieselt und gepflegt. Kein Kleelein, das da wuchern darf. Kein Löwenzähnlein, dass an der Harmonie des grasgrünen Bürstenschnitts zu nagen wagt – Elsies Augen und Rasenmäher wachen!

Gestern habe nun ich einmal die Supermaschine in Betrieb gesetzt. Elsie war eben am Abwaschen – wie ich aber das Ding ankable, lossurre und mit der Technik eines Figaros Unebenheiten ausputze, macht es zuerst «pfffft». Dann rasselt es Sternchen. Und: «Was soll der Mist – ich habe verdelli keine Strom mehr!» rief Elsie hinter dem Geschirrspüler.

Der Rasant-Mäher hat sich tatsächlich in den Schwanz gebissen. Oder anders: er hat sein eigenes Kabel durchgemäht.

«Ich leihe Ihnen gerne meinen», säuselt Frau Müller am Gartenhag, «so eine elektrischen hätte ich sowieso nie gewollt!»

«Danke – wir nehmen die Handschere», meinte Elsie spitz.

Ich bin kein Freund von Beton. Aber er ist einfacherer Natur...

Hitze-Koller

Früh morgens geht's noch. Da stehe ich unter der Dusche. Pumpe das Déodorant in die Achselhöhlen. Und suche mir die kühlsten Unterhosen raus.
Spätestens nach drei Stunden schwitze ich derart, dass sich die Niagarafälle im Vergleich wie ein harmloses Bergbächlein ausnehmen.
Ich leide. Andere Leute mögen die Sonne. Mögen 40 Grad im Schatten. Mögen heissen Wüstenwind. Ich nicht!
Ich bin kein Kamel, kein Sonnenanbeter – sondern 180 Pfund schwitzendes Leiden. Die Hitze schafft mich. Als Hitze-Schwitzer sehne ich mich nach den Eskimos. Und frage mich, weshalb ich nicht als Tiefkühl-Flunder auf die Welt kommen durfte.
Bea ist da anders. Bea mag Sonne. Sie lässt sich stundenlang durchs Bürofenster bestrahlen – und während sie langsam auftaut, bin ich schon längst ausgeschwitzt. So unterschiedlich arbeitet die Natur.
Herr Naegeli, mein Arzt für alle Fälle, versagt auf der ganzen Strecke: «Natürlich haben Sie Atemnot, lieber Herr -minu – aber das ist nicht die Hitze. Das sind die Kilos. Wir müssen abnehmen!»
Wir müssen immer abnehmen. Ich bin im Zeichen der Abnehmer geboren. Aber nehmen Sie mal bei dieser Hitze ab. Nicht, dass ich früh morgens

Hunger hätte. Bewahre. Ich schleppe mich um neun Uhr absolut appetitlos durch die Redaktion. Aber Durst! Jerum – ich könnte ein ganzes Bassin aussaufen. Also geh' ich ans Bier. Doch Bier macht mir Kohldampf. Also bestelle ich noch einen Klöpfer dazu. Klöpfer sind im Sommer immer gut. Und zu Bier besonders.
Der Klöpfer macht dann allerdings wieder Durst. Also bestelle ich noch ein Bier – jetzt aber kommt erst der richtige Appetit! Und Herr Doktor Naegeli mit «Wir müssen abnehmen!» Also wirklich – wäre es nicht schon heiss genug, man könnte auf Hochtouren kommen!
Huldi Zirngibel, die Frau für alle Lebenslagen und dem «hinkenden Hausboten» zur Hand, weiss endlich Rat: «Sie brauchen einen Ventilator, lieber Herr -minu. Dann windet's Ihnen wie am Meer – und Sie mögen doch das Meer?»
Ich mag das Meer. Aber ich könnte den Verkäufer erdrosseln, der mir erklärt, die Ventilatoren seien alle ausverkauft: «Da müssen Sie schon im Winter kommen. Nicht jetzt, wo's heiss ist. Die sind in einem Tag weggegangen – wie warme Weggli an heissen Tagen, haha!»
Witzbold!
Auf dem Estrich meiner lieben Tante Esmeralda grabe ich dann zwischen Wäschezainen und Notvorrat so ein Ding aus. Es kühlt tatsächlich angenehm. Mir genau ins Genick. Ja, mein Hals fühlt

sich an wie der Eigergletscher im Dezember – nur auf dem Gipfel herrschen 50 Grad. Oder anders: Während meinen Hals unschöne Gänsehaut ziert, treibt oben der Schweiss im Galopp aus den Poren.

Am Abend ist es dann soweit: Hexenschuss. Und Genickstarre. Ich kann mich nicht einmal mehr ins Auto schleppen. Und der Taxi-Chauffeur fragt mich, ob ich die schöne Rolle des Glöckners von «Notre Dame» bekommen hätte.

Wieder ein Telefon an Huldi Zirngibel. Sie blättert im «hinkenden Boten». Und kommt triumphierend an den Hörer: «Hitze. Gegen Genickstarre und Hexenschuss gibt's nur eines: Hitze!»

Die Natur ist wunderbar!

Das Rendezvous

Telefon. Und fröhliches: «Joho!»
«Juhu!» jauchze ich zurück. «Um was geht's?»
«Sie schreiben doch so diese Sachen...»
Darauf weiss ich nie etwas. Literatur nennt die Menschheit einfach «so diese Sachen». Wen wundert Goethes Magengeschwür...
«...und weil wir eine junge Revue für Ferienländer sind, habe ich gedacht, Sie würden auch einmal für uns...»
«Junge Revue» – das kennen wir. Das heisst, drei Mahnungen bis endlich 40 Franken Honorar kommen. Nein danke!
«...natürlich können wir nicht viel bezahlen. Aber...»
Bitte – was habe ich gesagt. Die handeln mit Weltliteratur wie mit ranzigen Beefburgern!
«...wir könnten Ihnen eine Reise nach China offerieren. Und...»
Immerhin. China ist nicht schlecht. Aber vorläufig ist es noch die Zürcher Bahnhofstrasse. Wir wollen uns im «Sprüngli» treffen. Erster Stock. Und dann in letzter Minute: «Aber hallo?! – wie erkenne ich Sie?»
Das andere Hörerende verstummt erschreckt. Dann wieder fröhlich: «Ach, ich bin ein ellenlanges Elend: 198 Zentimeter, kaum zu übersehen. Auf meine Art überragend – haha!»

Ganz klar – Herr Joho ist eine Frohnatur. Dann erkundigt er sich: «Und wie ist das bei Ihnen?»
«Rundherum bildschön» – erkläre ich sachlich. Es gibt nichts Erhebenderes als den Überraschungseffekt.
Natürlich sitze ich zu früh da. In Cafés bin ich immer zu früh. So bleibt stets herrlich Zeit, mich so richtig durch die Kuchen durchzuessen.

Nach der vierten Portion Rahmtorte entdecke ich ihn. Lang. Schlacksig. Mit dem flackernden Blick desjenigen, der immer auf der Suche ist.
Ich stehe auf, setze mein hypnotisches Lächeln auf und erkläre: «Da bin ich – nehmen Sie Platz. Wir wollen gleich zum Geschäftlichen kommen.»
Der Mann starrt mich entsetzt an. Dann werden seine miesepetrigen Lippen zum stahlharten Strich: «Lassen Sie den Quatsch. Sie sollten sich schämen, so in einem öffentlichen Lokal zu..., zu...»
Der Mann sucht nach Worten. Ich möchte in den Spannteppich versinken – da geht er auch schon, wirft noch einmal einen gewittrigen Blick. Man meint, in der Ferne seinen Donner zu hören.
Beim nächsten Ellenlangen bin ich vorsichtiger: «Hallo», sage ich zaghaft, «kennen wir uns?»
«Soweit kommt's noch!» ärgert sich dieser. Nur der dritte, ein Sozialhelfer, zeigt Verständnis: «Wie kann ich Ihnen helfen?»

Ich bin etwas verunsichert: «Also..., ähh..., ich warte auf einen Mann und...»
Der Sozialhelfer nickt finster.
«Aha», sagt er dann. «Aha – ich kenne das Problem. Fühlten Sie im Alter zwischen drei und fünf Jahren eine ausgesprochene Abneigung gegen Lebertran...?»
«Ja, aber...»
«Sehen Sie», freut sich da der Sozialhelfer, «da liegt ihr Problem. Wir nennen es die Tran-Psychose. Bei den meisten Fällen dieser Art...»
Der vierte Mann, der an meinen Tisch kam, war der Oberkellner mit pingeliger Schrift auf der Karte: «Ihre acht Stück Kuchen und die drei Cafés sind bezahlt – verlassen Sie unverzüglich das Lokal!»
Zu Hause hat dann auch Herr Joho angerufen. Er sei untröstlich und in der Badewanne ausgerutscht. Sein Beinbruch habe das Rendezvous verzögert.
Dem Himmel sei dank – zwei Meter im Gips sind nun immerhin ein klares Kennzeichen.

Short(s)-Story

Der frohe Volksmund sagt: Die Vollschlanken haben Humor.
Haben sie.
Aber sie haben keine Shorts. Und sie bekommen auch keine. Sie bekommen von den mageren Ladenfräuleins nur dicke Antworten. Wenn überhaupt. Vollschlanke werden nämlich oft einfach übersehen. Und dies ist bei ihrem Umfang wahrhaftig ein Kunststück.
Doch kehren wir zu der Shorts-Story zurück. Und somit zu unserer Hosengrösse. Sie beträgt «50» (bei Windstille). Und «53» bei Sturm. Sowie nach vier Portionen Spaghetti Bolognese.
Ich gehe also in ein wohlbekanntes Geschäft. Die Ladenfräuleins plaudern. Sie gackern Gescheites über das Wochenende. Die eine war im Elsass. Die andere genoss das Sonnenbad auf der Terrasse. Die dritte war eben daran, ihr sonntägliches Geheimnis zu lüften, als ich das Gespräch roh unterbrach: «Meine Damen – ich hätte gerne Shorts!»
Die Damen liessen sich keine Sekunde stören. So vernahm ich die frohe Kunde, dass die dritte am Sonntag mit ihrem Freund auf einer Wiese dem Aerobic gehuldigt hat. Bei «Aerobic» kicherte sie vielsagend. Ich kicherte nicht. Ich wollte nur meine Shorts:
«Ich habe Grösse 50 und – haben Sie das?!»

Jetzt wirft die Sonnengebadete einen gelangweilten Blick: «Hören Sie doch auf, Sie schwatzhaftes Männchen – es ist zu heiss für dumme Witze!»
«Haben Sie Shorts? Oder haben Sie keine Shorts. Im Schaufenster liegen ein paar mit Perlmutterknöpfen und...»
Die drei warfen einander Blicke zu. Vielsagende Blicke. Dann versuchen sie's auf die nette Tour: «Natürlich haben wir im Schaufenster Shorts, guter Mann – aber die Nummern hören spätestens bei der Elefantengrösse auf. Einen Mammut zu bedienen, hatten wir leider noch nie die Ehre – melden Sie sich doch im Naturhistorischen Museum in der Wolldeckenabteilung. Schönen Tag!»
Daraufhin drehte sie mir den Rücken zu. Auf ihrem T-Shirt-Rücken funkelte der Werbespruch: «In dr Stadt isch's glatt...» – Wahrhaftig.
Wir lassen die Nummern 34 und 36 schliesslich auch von unsern Schwarzwäldertorten essen. Und Emmentaler gibt's gar für Kindergrössen. Aber die Mode findet nach 44 nicht statt.
«Nehmen Sie ein paar graue, lange Hosen», meinte ein Verkäufer gutmütig. «Grau macht schlank. Oder haben Sie schon einmal einen dicken Elefanten gesehen...?»
Wir Dicken bleiben die Schwiegermütter der Nation. Dagegen kämpfe ich an – man muss die Grösse haben, auch bei grosser Grösse kurz zu tragen!

Das Profil

Es meckern alle. Und jeder: Der hat kein Profil. Das hat kein Profil.
Kurz: die profillose, die schreckliche Zeit.
Zeigt man den Leuten dann stolze 89 Kilos Rundprofil, wird die Menschheit brutal. «Du hast keine Linie. Machst du nichts dagegen?»
Ich war in Geometrie die Nuss persönlich. Aber dass die Kugel die ideale Linie aller Formen ist, habe ich gut gelernt. Und mich bis heute daran gehalten. Doch die Menschen vergessen schnell. Sie wollen, dass ich mich in die rankschlanke Jogging-Generation zurückmagere, mich mit schlechtsitzenden Jeans uniformiere und dem kotzlangweilig-schlacksigen Ohrengrübler-Durchschnittstyp anpasse.
Mit mir nicht!
Meine 89 Kilos sprengen den Rahmen. Sollen sich die andern ähneln wie ein Donald-Burger dem andern. Sollen sie alle ihren Big-Mac und das Waldsterben im Mund herumdrehen – mir wurst.
Ich stehe zu meiner Profil-Neurose. Und bleibe rund.
Mit unserer Zeitung ist das nun eine ganz andere Sache. Den Kleinbaslern ist sie zu grossbaslerisch. Den Grossbaslern zu nahe an Kleinhünigen. Den Linken zu rechts. Und den Rechten zu links – den Grünen zu schwarz und den Schwarzen zu rot.

Oder anders: Unsere Zeitung ist ein Teig, der von allen Seiten geknetet wird – keiner lässt den Teig in Ruhe. Wie soll er da aufgehen und Profil kriegen?

Na eben!

Nun hat man neben dem Teig, will sagen: der Zeitung einen kleinen Palazzo für parkierende Autos gebaut. Kürzlich war dieses Silo gesperrt. Grund: Bauarbeiten.

Ein hauchdünnes Plastikfolienband sperrte ab – doch was ist so ein Bändlein gegen unsere sechszylindrige Blutwurst. «Pffft» machte es. Und wir donnerten durch das Parkhaus – sieben Stockwerke hoch.

«Du bist der einzige Wagen – alle Plätze leer!», jubelte Bea. Und dann verstummte sie – denn hinter uns zeigten sich dicke, fette Reifenabdrücke.

«Ob's hier geschneit hat?», meinte Bea unsicher. Da es in Parkhäusern anfangs Mai jedoch nicht zu schneien pflegt, war die Sachlage bald klar: frischer Beton. Birnenweich. Und wir mitten drin.

Die Pneus erstarrten zu Stein – dito wir.

Später hörten wir den Chefportier im Haus herumschreien: «Welche Kleekuh hat das Auto ins Parkhaus gestellt? – Das Profil geht bis in den siebten Stock!»

Und jetzt will ich kein Wort mehr von der profillosen Zeitung hören. Unser Parkhaus beweist das Gegenteil. Bis in den siebten Stock – jawohl!

Die Kleekuh habe ich dem Chefportier verziehen
– er trägt schlapprige Jeans über billiger Ohren-
grübler-Figur.
Was will man da anderes erwarten?

Kampf gegen den Stab!

Der Stab liegt mir nicht.
Ich habe den Stab nie gemocht – ja, der Stab hat mir stets Unglück gebracht. Diesbezüglich bin ich stabergläubisch..
Wenn Herr Högger, unser Turnlehrer, das Tambourin auf die Seite legte, den alten Holzschrank aufschloss und die hellbraunen, hölzernen Stafetten-Stäbe hervorholte, hätte ich mich am liebsten in Luft aufgelöst. Ich wusste, was mir blühte.
Zuerst wurden die beiden besten Sportler aufgerufen. Es war (und ist) nur ein kleiner Trost, dass die beiden besten Sportler in Deutsch und Latein zünftig hinkten. (Das habe ich übrigens immer wieder beobachtet – die besten Schüler waren Memmen im Sport. Und umgekehrt. Heute soll sich das etwas geändert haben. Aber ich gehörte noch zur Memmen-Generation.)
Die beiden Spitzen-Sportler durften sich ihre Mannschaft wählen. Sie schauten in die Klassenrunde. Und jetzt wäre ich am liebsten in den Turnhallenboden versunken. Wie ich das hasste: die Auswahl wurde kleiner. Und kleiner. Am Schluss blieben noch die Dicklichen, Bewegungstrottligen übrig.
«Lieber Gott – mach', dass er mich jetzt nimmt» schickte ich stumme Gebete himmelsprossenleiterwärts. Und da war wieder der leicht angewiderte

Blick dieses Spitzensportlers. Hugo hiess er. Kaltberechnend wägte Hugo meine Plattfüsse gegen Daniel Lebers O-Beine ab. Daniel Leber überwog – und so blieb ich übrig. Wurde von der Mannschaft mit demonstrativem Seufzen als unabwenbarer Schicksalsschlag engegengenommen. «Wenn du den Stafettenstab wieder fallen lässt, lassen wir dich an den Schwungringen hängen...», zischte die Gruppe.

Meine Hände wurden feucht, klitschnass – die Plattfüsse dampften vor Aufregung. Ja, als mir der Stab in Windeseile entgegengestreckt wurde, als da so etwas, was die Fachwelt «fliegender Wechsel» nennt, stattfinden sollte, flog der Wechsel wirklich. Ich war einfach zu labil. Und zuwenig stabil. Der Stab fiel vor meine Füsse, ich darüber und der Gegner über mich – dann liessen sie mich an den Schwungringen hängen.

Nun hat mich kürzlich eine Organisation angefragt, ob ich an einem Stafettenlauf quer durch Basel den ersten Startschuss knallen würde. Pistolen sind harmlos – zumindest wenn man sie mit Stafetten-Stäben vergleicht. Also sagte ich zu.

Wie ich aber frühmorgens bei den Stafettanern anmarschiere, kommt der Oberstafetter und lächelt: «In fünf Minuten schweben Stäbe vom Himmel. Drei Fallschirmspringer werden sie Ihnen am Boden übergeben...»

Da war's wieder: Schweissausbrüche... strabazierte Nerven...stabile Panik...Dampffüsse.

«Es sind zehn Stäbe, man wird sie ihnen in den Arm legen...»

Vom Himmel hoch kamen sie her – sie schwebten auf mich zu. Das Publikum applaudierte. Dann öffnete einer der Fallschirmspringer seinen Lederkittel, schälte eine Epa-Gugge hervor. Dort waren alle drin: 10 hölzerne Stafetten-Bengel.

Er drückte sie mir in die Arme und – dlogg..dligg..dlagg... – wie Mikado-Stäbe tanzten sie auseinander. Und donnerten auf den Boden.

Der Rennleiter schaute wie damals Hugo. Gottlob waren keine Schwungringe da.

Spaziergänge

Spaziergänge sind zum Davonlaufen! Schon als Kind haben mich Spaziergänge auf die Palme gejagt. Nach den obligaten Rahmschnitzel-Nüdeli-Erbs-und-Rüebli-Sonntagen faltete Tante Trudy jeweils fromm die Hände und deklamierte über die verschmierten Teller:

«Nach dem Essen sollst du ruh'n oder tausend Schritte tun.»

Daraufhin schritten wir. Und aus war's mit Ruh und Ruh'n. Ja, die neuen Sonntagsdeckel hätten meinen Tanten und Grossmüttern sowieso keine Ruhe gelassen – die mussten gezeigt werden!

Also kamen wir Kinder lackbeschuht und busibemützt an die fein durchlöcherten Garn-Handschuhe der lieben Frauen. Diese packten fest zu – es gab kein Entrinnen mehr.

Die Gesichter meiner lieben Tanten schauten grimmig und entschlossen hinter seltsamen Hutschleiern hervor. Die Köpfe sahen aus, als hätte sie einer hinter Gitter gesteckt.

Gemächlich gings nun in den Zolli oder zum Bachgraben – hin und wieder hörte man ein Zischeln hinter den keuschzitternden Schleierchen. Die Tanten waren im Begriff die vorbei paradierenden Konkurrenz-Hüte mit zwei, drei Nadelstichen («Epa... Ausverkauf... schon vorletzte Saison getragen») abzuschiessen...

Das Kind litt. Erstens hätte es auch gerne einen Schleier gehabt. Zweitens hatte es Plattfüsse. Und drittens drückte der linke Lackschuh ganz fürchterlich – so grausam ist die Welt.

Später hat dann endlich ein neuer Modepapst den Frauen die Deckel vom Kopf gerissen. Dieser tapfere Mann gehörte mit dem Nobel-Preis ausgezeichnet. Sicher hat er als Kind auch immer mit Busimützen und Lackschühlein an Garnhandschuhen mitzotteln müssen. So etwas prägt auch die Heiligsten. Und wäre *ich* der Modepapst gewesen, hätte ich auch noch Lackschuhe verboten. Besonders die linken...

Mit den Sonntagshüten sind auch die Sonntagsspaziergänge gestorben. Neidvoll schaue ich jeweils auf meine Götti-Kinder die nach dem Sonntags-Essen (heute: Diät-Joghurt, Leinsamen-Körner und Kraftscheibletten) mit einem Hopser aufs Sofa hechten und sich um den automatischen TV-Programm-Taster balgen.

«Ihr habt's gut» – stöhne ich dann. Und schildere ihnen in schrecklichsten Farbtönen den Sonntagsspaziergang, bei welchem die Kinder von früher geplagt wurden und in ihren zu knappen Lackschühlein kurz vor dem obligaten Himbeersirup erschöpft zusammengebrochen sind.

Letzten Sonntag war's dann soweit. Da ergehe ich mich also wieder in der Schwarzmalerei des Sonntagsspazierers und werde unsanft unterbrochen:

«Na und? Schlimmer als heute das Fernsehen konnte das nicht sein...?»
Ich bin leicht verunsichert. «Bitte was? Bitte wie?»
Oliver baut sich vor mich auf. «Wir haben endgültig genug von Traumschiff und Meister Proper, klar? Jeden Sonntag hockst du vor dieser Kiste. Wir wollen einmal live sehen, wie so ein Wald stirbt – kannst du folgen?»
Zwei Stunden später spazieren wir. An den Hüten kann's nicht liegen. Es ist eindeutig die Schuld des Fernsehens – höchste Zeit, dass hier ein neuer Papst kommt.
Übrigens das Sirüplein heisst heute «Coke light». Aber der linke Schuh drückt noch immer...

Mompi

Es sind nun auf den Tag sechs Jahre her, als irgendeine wahnsinnige Seele auf die Idee kam, mich zu einem Trabrennen aufzufordern: «Es ist alles so harmlos. Und so nett. Sie sitzen einfach in einem Wägeli – fast wie die Frau Königin. Und dann macht das Pferd alles von selber – morgen haben Sie Training.»

Das Wägeli war alles andere als ein Wägeli – geschweige denn geeignet für die Frau Königin. Da sind zwei Räder. Und man hat die Beine in der Luft. Dann kommen die Zügel. Und davor riesig, enorm, wahnsinnig: das Pferd.

Ich glaube auf dem Rücken eines Pferdes sieht das Ross viel harmloser aus – aber dahinter! Eine Hand breit nach dem Schwanz!

Der Vorderteil des Hinterteils hiess Mon Premier.

«Sagen Sie ihm einfach Mompi», erklärte der Stallbesitzer stolz: «Das Pferd ist eine Seele von Mensch...»

Mompi zeigte in der ersten Minute klar und deutlich, was es von mir hielt: Es lachte. Es wieherte. Es schlug sich mit dem Huf auf den Bauch und hatte Tränen in den Augen.

«Mompi freut sich sehr...», meinte der Stallbesitzer etwas verunsichert. Dann lüpfte er mich auf die Räder. Meine Beine stiegen nach oben – Mompis Schwanz ebenfalls.

«Aber, aber!», sagte der Stallbesitzer und zeigte dem Ross schelmisch den Finger. Ich schaute auf die dampfende Bescherung. Und hörte wie Mompi lachte.

Dem Stallbesitzer war alles etwas peinlich: «Sie animieren das Pferd», versuchte er Mompi in Schutz zu nehmen, «reden Sie ihm gut zu. Machen Sie einfach ‹tsch-tsch›!»

Ich machte «tschtsch»...

Was dann geschah, ist unbeschreiblich. Mompi jagte davon. Wie ein Gewitter brauste er an der leeren Tribüne vorbei – ich erinnere mich an die Königinnenrolle, wollte winken, wollte huldvoll lächeln: Aber winken Sie einmal mit den Beinen in der Luft.

Mompi lachte für mich – wenn irgendwo ein Photograph stand, zog das Pferd den Bauch ein.

Es war ein derart publicity-süchtiges Pferd, dass selbst Fasnächtler und Grossräte Mühe haben, in dieser Hinsicht mitzuhalten...

Später fingen zwölf Mann mein Pferd und mich selber ein.

«Sie haben alles falsch gemacht», meinte der Stallbesitzer gekränkt, «das war Galopp. Sie animieren Mompi zu Galopp. Mompi macht sonst nie Galopp. So wird er disqualifiziert. Das ist kein Galoppderby. Das ist ein Trabrennen!»

Selbstverständlich galoppierte Mompi auch am grossen Renntag. Vor dem Start grinste er den

Photographen nochmals im die Linsen – dann entlud er sich (Schwanz hoch!). Und brauste ab. Wir wurden nach zwei Runden disqualifiziert.

Am anderen Tag erschien Mompis Photo in allen Zeitungen. Gescheite Titel wie «Einem lachenden Gaul schaut man nicht ins Maul» oder «Wer zuletzt lacht, lacht am besten» würzten die sauren Gurken.

Der Stallbesitzer war sehr zufrieden: «Wir haben's wieder einmal geschafft – wir gewinnen nie. Aber mit seinem photogenen Lächeln kommt Mompi in jede Zeitung. Können Sie sich vorstellen, wie die anderen dann muff sind... haha!»

Nach sechs Jahren hat die wahnsinnige Seele wieder angerufen: «Mompi ist zwar tot – aber wir geben Ihnen Fritz. Es ist alles harmlos. Sie sitzen einfach in einem Wägeli, fast wie die Frau Königin. Und...»

Liebe Freunde – auch Fritz lacht. Und galoppiert. Und bei jedem Photographen ziehen wir den Bauch ein...

Kochtechnisches

Es gibt Leute, die kochen gerne. Sollen sie. Ich tue es nicht. Ich finde Kochen Schwerarbeit. Und ich bewundere jede Hausfrau, die Tag für Tag ihre Lieben mit einem neuen Menu-Plan überrascht.
Noch mehr bewundere ich dann die Nerven dieser Hausfrau, wenn der Göttergatte (diese Pfeife!) beim Kalbsmedaillon zu meckern beginnt: «Was das jetzt wieder gekostet hat...» Und die junge Tochter im schwierigen Teeny-Alter die komplizierte Citronensauce (Zubereitungszeit eine halbe Stunde!) vom Fleisch kratzt: «Schrecklich – wie soll ich bei solchen Kalorien-Bombern die Linie bewahren? Hat's nirgends einen Joghurt auf Cyclamat-Basis...?»
Spätestens beim Wort «Cyclamat-Basis» würde unter meiner Regie das Gerücht der fliegenden Teller doch noch Wirklichkeit: Die junge Tochter hätte die Medaillons am Kopf. Sogenannte «médaillons volants». Aber eben – das ist das Vorrecht des Journalisten. Die Hausfrau lächelt nur, holt einen Joghurt aus dem Eiskasten und isst die Portion der Tochter auch noch auf. Im Ehebett hört sie dann den Alten meckern: «Nimmt mich nur wunder, weshalb du so Speck zulegst...»
Wie gesagt: ich finde Kochen Schwerarbeit.
Nun gibt es ja die «Vergifteten», die aus der Kocherei eine Religion machen. Sie wägen den Salbei

mit der Briefwaage und holen den Steinbutt persönlich vom Steinbruch. Sie ziehen die saure Essigmutter der Schwiegermutter vor. Natürlich bakken sie ihre Brote (sechs Sorten zum Käse) selber, haben einen Freund, der in Italien höchstpersönlich Oliven zu Öl quetscht, und haben sich in der kleinen Küche eigens einen Holzofen für die «Quiche» einbauen lassen («Also, es ist eben doch etwas ganz anderes, wenn der Kohlengeschmack sich mit dem Käseduft mischt und...»).

Das sind die Sektierer der Kocherei – das siebte Gebot ist die weisse Trüffel. Todsünde die Sauce aus der Tube. Amen.

Nun sind wir ja nicht gerade Kostverächter. In jeder Beziehung und ganz im Gegenteil! Auch basteln wir gerne hin und wieder für gute Freunde ein Menu zusammen (zu den guten Freunden gehören natürlich Sie. Und Sie. Und ganz speziell Sie). Aber es würde mir nicht im Traum einfallen zum Mass zu greifen. Oder zur Waage. Ich menge da einfach nach Gutdünken zusammen, gebe das Ganze in den Ofen und warte, bis die Sache goldbraun überbacken oder aufgegangen ist. Manchmal geht sie auch nicht auf. Dann verkaufe ich sie mit einem russischen Namen. Diesbezüglich koche ich die Küche meiner Mutter. Sie hat mir einmal erklärt: «Eine gute Küche basiert nicht auf der Rezeptauswahl. Sondern auf Fantasie. Und auf genügend Zivilcourage.»

Ihr «Soufflé aux épinards» bleibt unvergesslich. Sie gab Salm-Flöckchen in die Masse. Irgendwie machte ihr der Salm jedoch einen Strich durch die Rechnung. Das Soufflé ging nicht auf – die Gäste aber freuten sich bereits darauf.

Ohne mit der Wimper zu zucken hat Mutter dann den Omelette-artigen Brei auf den Tisch gebracht: «Das Ganze ist ein Rezept meiner russischen Grossnichte... ich glaube es ist mir besonders gut gelungen.. wichtig ist, dass dieses Soufflé flach serviert wird!»

Die Gäste waren entzückt. Drei Damen verlangten das Rezept. Nur Vater hustete: «Seit wann hast du eine russische Grossnichte?» Doch Mutter, ganz Dame, wechselte das Thema: «Da sie in Moskau nicht als Billetteuse arbeitet, dürfte sie für dich wohl bedeutungslos sein...» Das war Mutters ureigene Gewürzmischung.

Und nun ist also das Mekka der Köche, die Feuerstelle aller Pfannen, der Tempel sämtlicher Kochkunst eröffnet worden: Igeho. Geschwängert mit Erwartungen auf nette Degustations-Häppchen und mit Linda's verzweifelten Urschreien in den Ohren («Wir brauchen neues Backiges-Ofen – dieses altes Gasherd sein Museumsstück und Anisbrote deshalb immer krummfüsselig»), betrete ich das Paradies des grillierten Huhns.

Ich steuere auf eine Firma zu, die so etwas wie Kochherde feil hält. Der Herr am Herd ist der

Chef seiner Herde: «Ein neuer Kochherd? Mit Backofen? Aber natürlich – da haben wir etwas besonders Originelles. Sie brauchen nur die Zeit einzustellen und in 15 Sekunden ist das Spiegelei gebrätelt – was sagen Sie?»

Was sag' ich da? – «Haben Sie denn keinen ganz einfachen, gewöhnlichen Herd mit Backofen, wo warm macht?»

Der Herd-Herr schaut mich mitleidig an: «Ach lieber Mann – natürlich gibt's einfachere Ausführungen. Aber einen Holzkohlengrill haben alle dabei. Und ein eigenes Rauchkämmerchen auch. Stellen Sie sich vor: Ihre Gäste essen den hausgeräucherten «saumon fumé maison...» Werden sie nicht. Wir stellen weiterhin das «Soufflé aux épinards» auf. Sollte es nicht aufgehen, haben wir immer noch die Grosscousine aus Russland in der Schublade...

Die Leiche im Eisfach

Kürzlich war ich bei den Péguynettes eingeladen. Unglaublich vornehme Leute. Die kämmen täglich drei Mal ihre Teppichfransen. Und servieren das Eisbein im Pulswärmer. Man sieht: Leute von heute.

Als man mich ins Esszimmer führte, glimmerte das Kristall und flimmerte der Fernseher: «Sie haben doch nichts dagegen? – Alfred und ich schauen immer fern», lächelte die Gastgeberin und rührte im Salat.

«Das ist die lustige Reklame mit den tanzenden Joghurt-Bechern – was denen immer einfällt, nicht wahr Herr -minu. Darf ich Ihnen Salat schöpfen…»

Sie schöpfte. Aber weil nach den Joghurt-Bechern eine Frau von Karies befallen wurde, und nur die Paste mit dem Duft vom Wassermelonen dagegen ankämpfen kann, war Madame Péguynette derart fasziniert, dass sie die öligen Blätter auf meinen Bauch fallen liess. Sie stiess einen spitzen Schrei aus: «Nein wie ungeschickt – aber wir haben ‹Flecki-weggi› im Haus. Kennen Sie den TV-Spot, wo die lustigen Eidotterflecken alle von ‹Flecki-weggi› verschluckt werden?»

Es stellte sich heraus: Flecki-weggi funktioniert vielleicht bei den Eidottern. Bei Salatsauce versagt Flecki-weggi eindeutig.

Und dann kommt der Alte. Madame Péguynette ist eitel Seligkeit: «Es ist zwar ein alter Alter, nicht wahr Alfred – aber wir schauen ihn gerne noch einmal, wenn Sie ihn noch nie gesehen haben?»

Ich habe noch nie. Und so wird mir zum Salat gleich noch eine Leiche serviert. Diese steckt in einem Uhrenschrank und fällt dem Stubenmädchen, das eben die Uhr aufziehen will, in die Arme.

«Haben wir den wirklich schon gesehen?», fragt Herr Péguynette.

Seine Frau weiss es genau: «Aber bestimmt – die Leiche ist doch vom Schwiegervater in den Schrank gesteckt worden, weil die Tochter bei der Bank Unterschlagungen...»

«Aber, aber – Du wirst doch Herrn -minu nicht alles schon verraten wollen. Er soll den Mörder nur selber entdecken.»

Statt des Mörders hätte ich jetzt lieber ein gutes Stück Braten entdeckt. Aber die Péguynettes haben nur noch Augen für den Alten, der mit seinem Jungen die Spuren sichert.

Schliesslich meint der Gatte bestimmt: «Meine Liebe – ich muss Dich enttäuschen. Wir haben diesen Film noch nie gesehen!»

Madame Péguynette lässt kein Auge von der Kiste: «Red' keinen Unsinn. Die zweite Leiche liegt im Tiefkühler – Du wirst schon sehen...»

«Das verwechselst Du mit ‹Tatort› – dort lag die

Leiche im Eisfach. Und...» «Quatsch – dort gab's gar keine Leiche, weil man sie in Salzsäure aufgelöst hatte und... Sehen Sie, Herr -minu, das ist der Mörder: der Staubsauger-Vertreter!»
Jetzt ist Alfred Péguynette aber ernstlich böse: «Weshalb musst Du auch immer alles verraten. Wie soll sich Herr -minu denn über diesen Krimi freuen können, wenn er schon jetzt weiss...»
Madame Péguynette ist beleidigt. Sie drückt rasch auf das andere Programm – doch da diskutieren sie nur über die Abrüstung. Also zurück zur Leiche. Und immer noch kein Braten in Sicht.
Gegen Mitternacht habe ich mich von den Péguynettes verabschiedet. Sie strahlte: «Ein reizender Abend – hat Ihnen mein Roastbeef geschmeckt?»
Roastbeef? Vermutlich hat sie's in der Küche vergessen. Wir hatten an den Leichen schon genug.
P. S. Der Mörder war das Zimmermädchen.

Die Eierkur

Herr Müller, mein Paketpöstler mit dem nettesten Paket, das man sich vorstellen kann, Herr Müller also hat mir eine Riesenkiste vor die Türe gestellt. In der Kiste war Minvitin. Biscuitförmig. Dazu ein Brieflein von Erna Humbel, der gütigen:
«Lieber Herr -minu, ich habe damit 16 Pfund abgenommen. Sie schmecken nach Schokolade. Und Sie müssen einfach immer sechs Stück nehmen.
Ehrlich – diese etwas trockenen Kekse schmecken gar nicht schlecht. Sie sind nicht mit der luftigen Schwarzwäldertorte zu vergleichen. Oder gar mit Bienenstich. Aber besser als nichts – und zumindest glänzt ein Häuchlein von Schokolade aus ihrem Innenleben.
Allerdings – ich habe mich sklavisch an die Angaben gehalten, habe immer zum Dessert sechs Stück verdrückt (obschon ich da manchmal kaum mehr konnte) – und was geschah? Nichts geschah. Die Packung nahm ab. Ich nicht. Es ist mir unbegreiflich.
Nun ist meine Linda mit dem Gelben vom Ei heimgekommen. Sie hat das Gaggei des Kolumbus entdeckt – Linda hat's im Konsum von Frau Schnebeli aufgeschnappt. Diese hat's von Herrn Ehrismann und dessen Gattin von deren Schwesters Kind, das einen Doppelzentner gewogen haben will: «Eierkur!», schreit Linda schon im Trep-

penhaus. «Kur mit Eiriges... ganz einfach... wir in Jamaica alles machen Eierkurliges...»
Daraufhin knallte sie die Aktionsschachtel mit polnischen Haushaltseiern auf den Tisch. Kaum ist Weihnachten passé, feiert Linda schon Ostern...
Die Eierkur ist – zugegebenermassen – etwas Wunderbares. Ihre Stärke liegt im Trockenei, im sogenannten Würgeeffekt. Man kocht sich also täglich neun Eier so hart, dass ihr Eigelb den Grünen beitreten könnte. Geschickte Finger schälen nun die Wunderdinger, bis sie arschglatt und appetitlich in der Schüssel glänzen. Der Eierkurer faltet nun die Hände über der Schüssel und wünscht sich, er hätte den Segen bereits verdaut.
Nun finde ich Eier ja wunderbar. Am liebsten zwei. Oder als Pfannküchlein mit fingerbeerendick Erdbeerkonfitüre. Aber gleich neun in Hartform – nein, meine Lieben. Da ruft selbst das begeistertste Ei-Esser-Herz: «Ei! Ei? – das liegt im Magen schwer wie Blei!»
Nun kann eine einzige Linda härter sein als neun Zwölf-Minuten-Eier: «Willst Du Figur von Nashornigem oder schlankes Wesen wie Gazelle?»
Ich will Gazelliges.
«Siehst Du», triumphiert Linda, «liebes Gazelle auch essen jedes Tag neun Eiriges...»
Daraufhin machte ich mich gottergeben über den Eiweissberg her, kaue und keuche, hächle und hu-

ste, will mit einem Schluck Bier spülen – aber dieses vermischt sich mit dem Gelben vom Ei zu einer kleistrigen Brühe. Man leimt mir die Kehle zu – ich bin überzeugt, Agatha Christie hätte einen weiteren Welt-Thriller daraus gebaut: die Eier der Gräfin Meier...

Linda beginnt mit den Wiederbelebungsversuchen. Sie hält meine Arme hoch – ich röchle, keuche, schwitze. Die Augen stehen wild heraus – jetzt erst erkenne ich die lebenswichtige Funktion der Mayonnaise. Meine Worte bleiben im Eigelb stecken.

Später liege ich völlig erledigt im Fernsehsessel. Linda serviert murrend die restlichen sechs Eier ab: «Waschlappiges – wird an Überfettiges eingehen...»

Nun ja, lieber mit dem einen dicken Bauch sterben, als an neun Eiern ersticken...

Ein ganz bestimmtes Lächeln

Frauen lächeln anders. Mona Lisa ist der Beweis. Alles redet von ihrem Lächeln. Und kein Mensch spricht vom «geheimnisvollen Lachen des Wysel Gyr». Obschon der doch auch.

Männer haben in dieser Frauenwelt also nichts zu lachen.

Da kommt mir Dora entgegen: «Was sagst du zu unserer Erna?»

Was soll ich sagen. Erna ist Erna. Männer wissen da nie viel mehr – für Frauen hingegen ist Erna ein ganzes Tagesthema. Und Dora entsprechend nicht zu bremsen: «...Ende April wird's wohl soweit sein. Hoffentlich wird's ein Mädchen.»

Ich krache aus allen Wolken: «Woher willst du denn wissen... hat Erna Dir etwas gesagt?»

Und nun kommt der Spruch, welcher die emanzipierte Männerwelt rasend macht: «So etwas sieht eine Frau eben... Erna hat jetzt ein ganz bestimmtes Lächeln...»

Auch Dora hat ein ganz bestimmtes Lächeln. Etwa wenn Frau Zirngibel ihr beim Metzgermeister das letzte (Federstück) Suppenfleisch wegschnappt.

Männer sagen da einfach: «Müssen Sie ausgerechnet dieses Stück nehmen?» Aber von Frau zu Frau sieht der Braten anders aus: Da setzt Dora ihr Assugrin-Lächeln auf, das künstlich gesüsste. Und

flötet: «Aber Frau Zirngibel – können Sie denn mit *Ihren* Zähnen dieses fasrige Stück kauen?»
Worauf Frau Zirngibel prompt die Zähne zeigt (aber nicht etwa um zu lächeln)...
Nun habe ich kürzlich vor Weihnachten Puppen verkauft. Verschiedene Puppen. Alle mit Porzellan-Kopf. Und alle mit allerliebstem Lächeln – ein Serienlächeln aus Taiwan.
Ich lege die Puppen also auf den Ladentisch – Männer übersehen das Lächeln. Manchmal bleibt wohl einer stehen, betrachtet zuerst die Puppe, dann mich: «Meine Frau sammelt so etwas – ich könnte ihr zu Weihnachten... können wir über den Preis reden?»
Männer reden bei Puppenlächeln über den Preis. Frauen nicht. Frauen benehmen sich höchst sonderbar: Sie kommen zu dem Puppenberg, wühlen mit derselben Wonne darin wie ein Hund im Mist, zupfen die unterste Puppe heraus, und kippen sie, dass das Sägemehl in den Kopf schiesst.
Mit glasigem Kennerblick fingerln sie nun unter dem Rock, zupfen der Puppe den Jupe hoch und sagen sonnig: «Die nehm' ich – die hat das netteste Lächeln.»
Frauen sind wunderbare Wesen – sie suchen das Lächeln der Puppen unter dem Rock. Und haben für uns Männer nur ein mitleidiges Grinsen...

5	Die kokette Nora
7	Kleckerer vom Dienst
10	Bäumig
13	Der Weisheitszahn
17	Wagenwäsche
20	Von Soll und Haben
23	Premierensorgen
26	Maschinen
29	Kampf um Oscar
33	Alte Zöpfe – neue Zöpfe
36	Manuela aus Rom
40	Brief nach Rom
43	Die Sache mit der alten Tante…
49	Heisse Rezepte
52	Blaue Därme
55	Ohne Pass und Spass
58	Rasende Mäher
61	Hitze-Koller
64	Das Rendezvous
67	Short(s)-Story
69	Das Profil
72	Kampf gegen den Stab.
75	Spaziergänge
78	Mompi
82	Kochtechnisches
86	Die Leiche im Eisfach
90	Die Eierkur
93	Ein ganz bestimmtes Lächeln

Bettumpfeil für Grosse.
Ban

9783858151223.3